白貓黑貓 成語漫學 2

動物傳奇篇

文字：方舒眉
漫畫：馬星原

目錄

自序

白貓黑貓系列中的成語故事一直以圖文並茂、深入淺出的方式闡釋深厚的中國文化之道德及精神，而成語中的許多故事，家傳戶曉、耳熟能詳，當中的深意與教訓，年幼讀者或許未能完全明白，但馬星原老師以幽默漫畫演繹，則易看易明，瞬間能令學生掌握及了解其中的意義，有了此認識文化的基礎，孩子作文時就可更得心應手，而待他日成長後，因曾讀過故事當中的啟示，相信可更愉快地漫步人生路。

方舒眉

我承認，我的記性不大合格，自小對於人名往往記不牢，但對方的面相特徵卻深印腦海。

後來知道這是「圖像記憶」的緣故，並且知道我不孤單，很多人都是如此。以漫畫來敘述成語故事，好處是有「圖像記憶」，易於吸收和永存腦海。

這些成語故事，我除了正經的講述內容之外，更會想個「笑點」作結。勿認為這是畫蛇添足，而是學習時的快樂指數愈高，於吸收知識就有事半功倍的效果。這已有科學結論，可不是我「創作」的啊！

馬星原

馬

馬是中國古代社會主要的交通運輸工具。馬一般予人剛健敏捷的形象，象徵奮發向上、勇往直前。唐代詩人杜甫曾寫下《房兵曹胡馬》：「胡馬大宛名，鋒棱瘦骨成。竹批雙耳峻，風入四蹄輕。所向無空闊，真堪托死生。驍騰有如此，萬里可橫行。」那麼有哪些與馬相關的成語呢？現在我們一起來探索。

伯樂相馬

廣 baak3 lok6 soeng3 maa5

普 bó lè xiàng mǎ

釋義

意指一個人眼光獨到，擅長發掘人才。

伯樂生於春秋時代秦穆公時，原名孫陽，他以高超的相馬術而聞名於世。

他受楚王所託，尋找千里馬。由於千里馬十分罕見，故此伯樂四出尋訪。

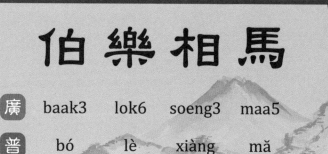

出處 漢·韓嬰《韓詩外傳》

一天，伯樂路經某地，看到一匹千里馬竟被人當成劣馬，作拉鹽車之用。
伯樂十分同情這匹馬，感觸而泣。馬兒也感受到伯樂對自己的痛惜，牠口吐白沫，並大聲嘶叫。
用牠來拉鹽車實在太浪費，不如你把牠賣給我吧！
哈哈……這樣的馬也有人買。
伯樂把千里馬帶返楚國，楚王見這匹馬瘦削衰弱，大表不悅。
這算得上甚麼好馬，連走路也這麼費勁，又怎能上戰場抗敵？

他只不過吃得不飽，又要拉車，所以瘦成這個樣子。
只要大王好好的餵飼，牠一定會變得很強壯。
於是，楚王聽從伯樂的說話，悉心飼養千里馬。後來，千里馬在戰場上立下無數功勞。
為何我的伯樂還沒有出現呢？
出現了也沒有用……
你不是千里馬！

近義

慧眼識英雄

反義

買櫝還珠、捨本逐末

伯
七劃

樂
十五劃

相
九劃

馬
十劃

例句：

他全靠當年被一位「伯樂」所賞識，因而平步青雲，闖出一番大事業。

走馬看花

廣　zau2　maa5　hon3　faa1

普　zǒu　mǎ　kàn　huā

釋義

騎在馬上跑着看花看樹。形容得意、愉快的心情。現在比喻匆忙、不夠深入細緻地觀察事物。

唐代詩人孟郊出身寒微，但勤奮好學，才華出眾。
可惜他好幾次上京考試都榜上無名……
又失敗了!!
看到孟郊窮困潦倒，有人規勸他……
你若去巴結一些權貴，仕途就比較易走！
不！我要靠真才實學叩開成功之門。
最後，他在46歲那年才考取了「進士」。
好啊！我終於成功了！

出處 《登科後》

在中國古代的科舉制度中，通過最後一級考試者稱為「進士」，是讀書人的最高榮譽！
「進士」？

進士及第那天，孟郊穿上新衣，佩戴着紅花，騎着駿馬，在長安城裡走了一圈……

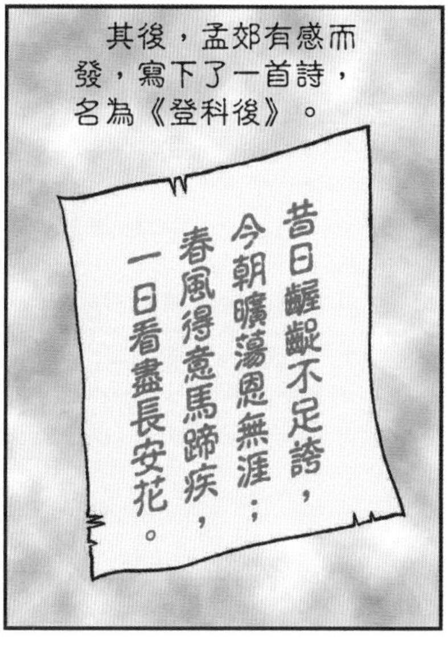

其後，孟郊有感而發，寫下了一首詩，名為《登科後》。
昔日齷齪不足誇，
今朝曠蕩恩無涯；
春風得意馬蹄疾，
一日看盡長安花。

這首詩的意思是：不得意的過去，已不值一提，今朝是無比愉快；在春風之中策馬，一天之內竟已賞遍了長安春日裡盛放的似錦繁花。

走馬看花

走馬看花

走馬看花

走馬看花

這首詩引申出「春風得意」和「走馬看花」這兩個成語。
「春風得意」不必解釋了，而「走馬看花」這個成語跟「春風得意」差不多，都是形容開心得意、心情極為暢快之意。
但現在則比喻為匆匆忙忙地表面視察，不夠細緻去深入理解。
以後我去旅行都騎馬，不選擇坐車和坐船了！
為甚麼？
騎馬可以更快地遊覽整個城市，以後我去旅行，每處只待一天就夠了！

近義
浮光掠影、跑馬觀花

反義
觀察入微

走

七劃

馬

十劃

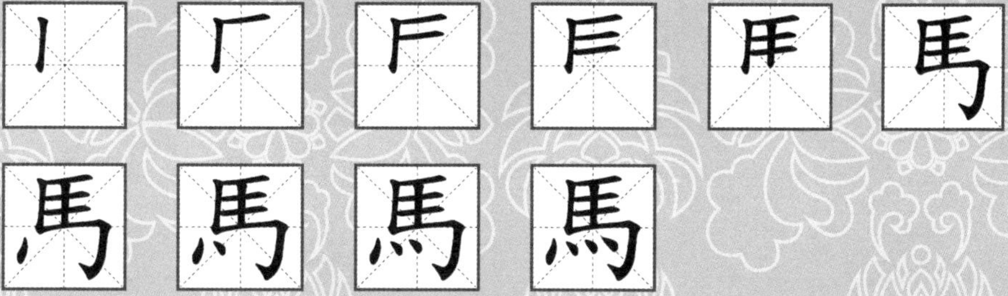

看

九劃

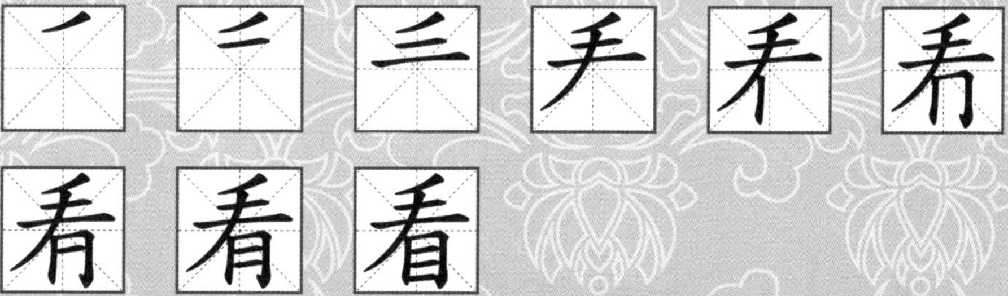

花

八劃

例句：

每次到北京公幹都只是走馬看花一般，今次時間較為充裕，一定要好好考察一番。

害群之馬

廣 hoi6 kwan4 zi1 maa5

普 hài qún zhī mǎ

哎！原來
這裙子不可以
機洗的！
哈！
馬小妹是
「害『裙』
之馬」！
別亂用
成語好嗎？

釋義

以危害馬群的劣馬，比喻危害大眾的人。

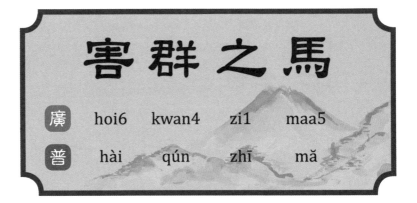

出處 《莊子·徐無鬼》

害群之馬的成語由來，是這樣的……
遠古時候，軒轅黃帝要到具茨山去拜訪一位叫大隗的賢人。可是卻在山裡迷了路……
那邊有一個牧馬的小童，我們去問一問路？
小朋友，借問一聲，你可知道具茨山麼？
具茨山？我知道怎麼去！

那你知道大隗住在甚麼地方嗎？
知道！
你這牧童真是聰明伶俐，問你地方，你知道；問你人，你也曉得……
那麼，你知道如何治理國家嗎？
治理國家？跟我牧馬差不多而已！
怎麼說？

只須把危害
馬群的馬兒
驅走便成了！

真
「天師」
也！

此後，我們
就用「害群之馬」
來形容危害大眾
及團體的人。

害
十劃

群
十三劃

之
四劃

馬
十劃

例句：
他經常打架鬧事，是社會的害群之馬。

車水馬龍

廣 geoi1 seoi2 maa5 lung4

普 chē shuǐ mǎ lóng

哇！很多人啊！
重陽節嘛，都是去登高掃墓的人……
這場面就叫「車水馬龍」。

釋義

形容車馬絡繹不絕，繁華熱鬧的景象。

車
水
馬
龍
A博士，「車」、「水」、「馬」、「龍」我只看到一項，其餘三項在哪？
笨蛋！車水馬龍是成語來的，形容繁華熱鬧的場面……
這則成語出自漢朝馬太后的詔書，由其中的一句「車如流水，馬如遊龍」簡化而來的……

義近

熙來攘往、絡繹不絕、川流不息

義反

門庭冷落車馬稀、門可羅雀

出處　《後漢書・明德馬皇后紀》

話說這位馬太后是東漢名將馬援的小女兒，不幸雙親早逝，年幼時已經要承擔家中事務……
她年紀雖小卻能把家務處理得有條不紊，所以備受讚賞……
十三歲那年，她被選入皇宮服侍當時的皇后，皇帝駕崩後，她飛上枝頭作鳳凰，成了新帝的皇后。
馬皇后此時的生活仍然十分儉樸，所以眾人都非常敬佩她……
隨着時光流逝，馬氏後來也當了皇太后……
有些大臣為了討好馬太后，於是提議為太后的兄弟封爵……
我身為太后，卻過着簡樸的生活，就是想作個榜樣，讓我的親戚好好反省自己的奢侈……可是他們不但不反躬自責，還笑我太寒酸。

車水馬龍

車水馬龍

車水馬龍

車水馬龍

早些日子，我路過娘家，看見門外車如流水，馬如遊龍，盡是些來拜候和請安的人，而我的衣著連娘家的傭人也不如。
所以我又怎能同意讓這些自私又奢華的人加官進爵呢？
馬太后賢明無私的精神，與她詔書中的名句「車如流水，馬如遊龍」一樣，傳頌千古……
咦？我們仍未到嗎？
我們的車堵在路上，根本沒動過！
車水馬龍沒有水、沒有馬，只剩下「車龍」了啊！

車

七劃

水

四劃

馬

十劃

龍

十六劃

例句：

銅鑼灣的大街上，車水馬龍，是個熙來攘往的熱鬧地區。

馬首是瞻

廣	maa5	sau2	si6	zim1
普	mǎ	shǒu	shì	zhān

釋義

瞻，是指往前或向上看。馬首是瞻原指士兵作戰時依據主將的馬頭行事，後來比喻服從指揮或跟隨他人進退。

出處 《左傳．襄公十四年》

我快不行了！
為甚麼會變成跑步比賽？
Q小子！你不是說與馬老師參加拉松樹比賽？
我以為「馬拉松」是「馬老師拉松樹」的意思……
笨蛋
不要放棄啊！你們要「馬首是瞻」！

馬首是瞻

馬首是瞻

馬首是瞻

馬首是瞻

「馬手是尖」？馬老師你的手怎麼了？
是成語吧？
我不敢再瞎猜，以免又「中伏」！
大家一邊跑，我一邊解說，好讓你們分散注意力！
戰國時，晉與齊、魯、鄭、宋等國組成聯軍，一起攻打秦國。
齊
晉
魯
秦
宋
鄭
可是到達涇水後，各路人馬卻不肯渡河前進。
他們在耍大牌嗎？

義近

唯命是從、亦步亦趨

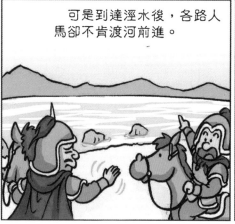

後來，魯軍帶頭先渡河，聯軍才隨後跟上，並在涇水對岸駐紮下來。
秦軍為阻止聯軍繼續前進，在上游悄悄下毒，大批士兵中毒身亡。
聯軍頓時人心惶惶，亂作一團！
我知道，這就叫作「潰不成軍」！
你居然懂這個！！
晉國將領荀偃見此，就向眾人發出命令。
明天雞鳴之時，眾人發兵出征，我的馬頭朝向哪裡，你們就往哪個方向走！

為甚麼要聽他的？
他的馬頭向西，我偏要向東！
翌日天一亮，荀偃領軍出征，可是士兵們各行其是，全軍一片混亂。
既然下達的命令無法執行，就不會有取勝的希望。
荀偃只好下令全軍撤退。後來，命令中的「馬首是瞻」引用為成語，比喻跟隨別人行動，團結一致，絲毫不敢違背。
我明白了！這故事的士兵也不跟隨將軍的指令呢！
原來這樣才是王道！撤退 !!

馬
十劃

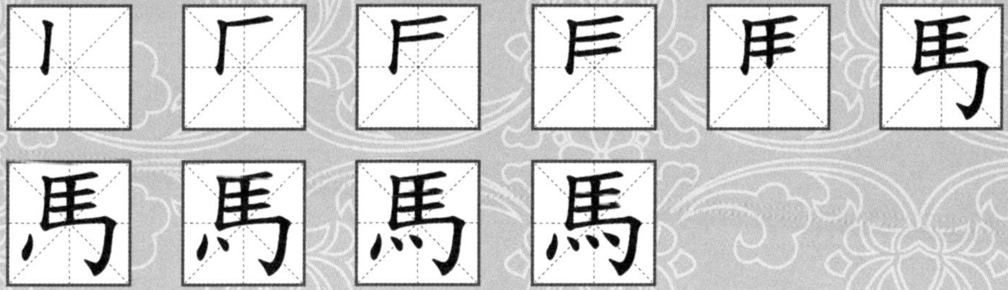

首
九劃

是
九劃

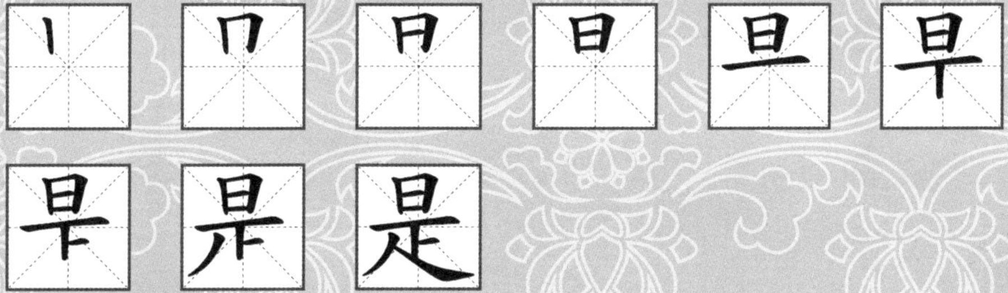

瞻
十八劃

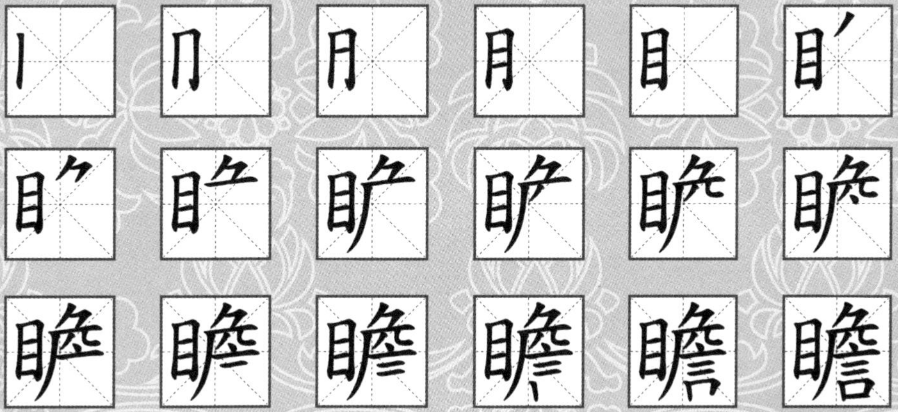

例句：

志堅被指派為這個計劃的負責人，大家定必馬首是瞻，全力配合。

成語草原

很大的草原啊！這風景真令人心曠神怡！咦！怎麼每棵草上都有一個字呢？

這些草是特別的草，它們上面的字和馬兒可以組成五組「馬」字成語呢！你能找出來嗎？

你在上圖中找到甚麼成語？把答案填在下面吧！

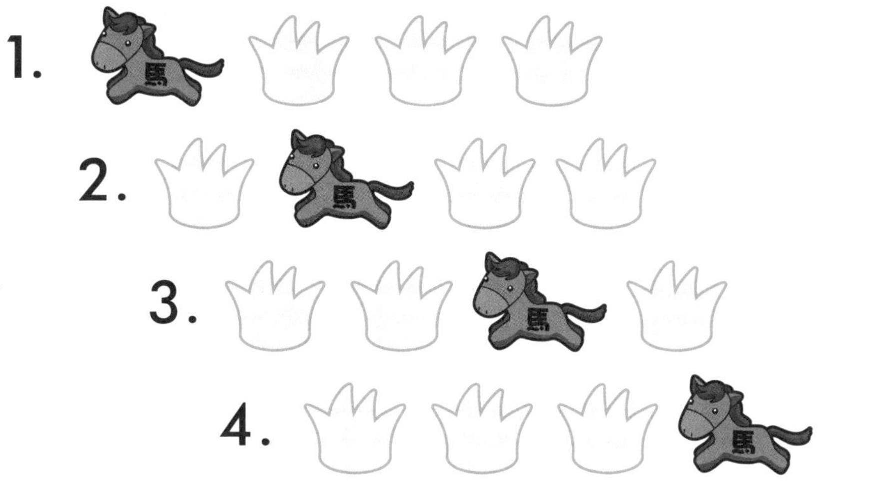

答案見頁 140

暑假日記

趁着暑假，當然要出外走走看看。小馬便跟家人一起到熊貓樂園遊玩，還把當日遊玩的情況記錄下來了，但有些地方稍嫌累贅，你能用一些剛剛學過的「馬」字成語代替嗎？

8月1日

今天我們一家人去熊貓樂園。早上十時，我們到達樂園門口，已經見到一條長長的隊，又有很多旅行團到來，①車很多、人很多，好不熱鬧。入場後，爸爸說不如先看熊貓，我們以爸爸②為首，他說去哪就去哪，便立即去看熊貓。因為人太多了，我們等了差不多半小時才能進場。很熱啊！然而能夠看到熊貓懶洋洋又可愛的模樣，排隊也是值得的。看完熊貓已經是中午十二時，吃了一個漢堡包，就趕緊前往下一個園區。由於想看的東西太多了，最後只能③很趕急地隨隨便便看看東看看西的，看了小狸貓、獅子、老虎、大象等動物，又玩了旋轉木馬、摩天輪等機動遊戲。在排隊等候登上摩天輪時，有一個女人竟然不守規矩，帶着孩子插隊！這種人真是④一群人中搞亂社會的壞人！

答案見頁 140

虎

虎被稱為百獸之王，常予人勇猛無比、力量十足的形象。另一方面，老虎的凶猛殘暴使它為人所畏懼。《禮記．檀弓下》提到孔子路過泰山時，聽到一位婦人的遭遇，最後令孔子感嘆：「夫子曰：『小子識之，苛政猛於虎也。』」帶出苛政猶勝虎患，令人明白苛政的遺害。虎在成語中有甚麼形象？讓我們來一探究竟！

養虎遺患

廣 joeng5 fu2 wai4 waan6

普 yǎng hǔ yí huàn

釋義

縱容敵人、惡人，留下對自己不利的後患。

秦朝末年，楚漢相爭，初期楚強漢弱，後來形勢相反……
劉邦
項羽
兩軍隔着鴻溝叫陣，戰事一觸即發。
漢
啟稟大王，漢王有使節求見！
帶他過來！
楚

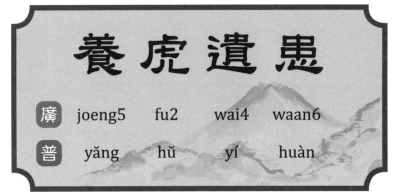

出處 《史記 · 項羽本紀》

奉漢王之命，特來提出和約……
現在劉邦勢強，我打他不過，倒不如就……
於是，楚漢訂下了以鴻溝為界的和約。項羽以為大局已定，便領軍東去……
這時，漢王軍師張良向劉邦獻計……
放過項羽，就好比飼養幼虎，虎長大後可能會反噬主人一口，啊！後患無窮……
此言甚是！下令立刻追擊項羽！

虎

事出突然，項羽來不及防避，節節敗退，終於在烏江自刎……劉邦統一了天下，成為漢高祖。
這就是養虎遺患的成語。Q小子你有甚麼感想？
我認為，我們也在養虎遺患！
朱古力愈來愈大食，終有一天把我們吃窮！

近義

縱虎歸山、養癰遺患

反義

斬草除根、杜絕後患

養
十五劃

虎
八劃

遺
十六劃

患
十一劃

例句：

他多次言而無信，不可再姑息，否則養虎遺患，將來可能給你帶來更大的麻煩。

暴虎馮河

廣 bou6 fu2 pang4 ho4

普 bào hǔ píng hé

釋義

比喻做事有勇無謀，魯莽冒險。

百獸小學V.S.巴魯鎮
哇!
哇!
我們先定下戰略！
今場的戰略與上次不同，我們要……
不必商量戰略啦！
對手這麼遜，憑我一人之力，已足以令他們輸得落花流水！

出處 《論語 · 述而》

百獸小學
巴魯鎮
0
1
快進攻追回一分！
哈！讓我來吧！
10
攔截他!!
Q小子，傳球呀！
不！我行的！
咻—咻
完場！巴魯鎮小學以一球小勝百獸小學！

暴虎馮河

暴虎馮河

暴虎馮河

暴虎馮河

Q小子你剛才為何不傳球？機會白白錯失了！
我以為可以盤球盤過他們嘛！
我們做事之前，需要仔細部署。
單憑暴虎馮河之勇，是不能成事的！
甚麼暴虎？我又沒使用暴力！
「暴虎」是指空手與老虎搏鬥。
「馮河」則指不靠船隻，徒步渡河。
那不可能吧……

春秋時期，孔子門下學生中，個性最衝動的是子路……
老師，我能獨自率領三軍，勇往直前！
若為了顯示自己的本領而這樣做，便有如徒手與老虎搏鬥，或徒步渡過大河般輕率了！
明知有危險，但還是要做，就是大笨蛋！
是……
「暴虎馮河」這成語便是比喻有勇無謀的愚蠢行為。
有勇無謀一定不是我！
哈！我……
你……
變了「傻貓馮河」！
哈哈！
哇！

暴
十五劃

虎
八劃

馮
十二劃

河
八劃

例句：

我們做事前需要仔細部署，單憑暴虎馮河之勇，是不能成事的。

牛

中國以農立國，牛是古代社會農民的好幫手。牛勤奮和任勞任怨的形象常見於各種詩詞作品。當代作家魯迅在《自嘲》一詩中提到：「橫眉冷對千夫指，俯首甘為孺子牛」，更是廣為傳頌的名句。然而，牛默默耕耘的模樣，又予人愚笨的感覺。我們一邊認識與牛相關的成語，一邊學習牛的優秀特質吧！

對牛彈琴

廣 deoi3 ngau4 taan4 kam4

普 duì niú tán qín

釋義

比喻對不懂道理的人講高深道理，亦可用來譏笑別人說話不看對象，白費唇舌。

來讓牛大叔聽聽我們練琴的成果吧！
哼，竟全無反應，簡直是對牛彈琴！

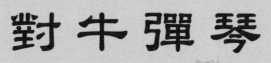

出處《弘明集・卷一・漢・牟融・理惑論》

對牛彈琴
對牛彈琴
對牛彈琴
對牛彈琴

甚麼？我們的確在對牛彈琴呀！
不……對牛彈琴這成語是比喻對愚人講道理……
你啊！
讓我告訴你當中的故事吧！
很多儒家學者都喜歡向他請教佛理。
牟融
你既精通佛理，為何總是引用儒學來解釋佛道呢？
因為你們熟悉儒家經典，我才引用儒學來解釋佛理，
若果我引用你們並不了解的佛學經典，便好像和瞎子談論色彩。
哦！

牟融還引述春秋魯國音樂家公明儀對牛彈琴的一番體會……
起舞~
起舞~
公明儀
讓這頭牛欣賞我的琴音吧。
為何一點反應也沒有?!
轉為彈奏蚊虻鼓翅聲和小牛悲鳴聲吧……

義近

對牛鼓簧、白費口舌

哦！原來不是琴音悅耳便會得人欣賞，也要因應聽眾的口味而調節。
後來這成語被引申為說話時若不看對象，彼此就無法溝通。
哦！
咦?!
咦？你們都在？
原來牛大叔在聽耳機！
對啊，來聽聽我新錄製的作品吧！
牛大叔的山歌唱得真好！
甚麼山歌?!
這是意大利音樂劇《阿依達》呀！
哥哥才是對牛彈琴呢！

反義

對症下藥、有的放矢

對

十四劃

牛

四劃

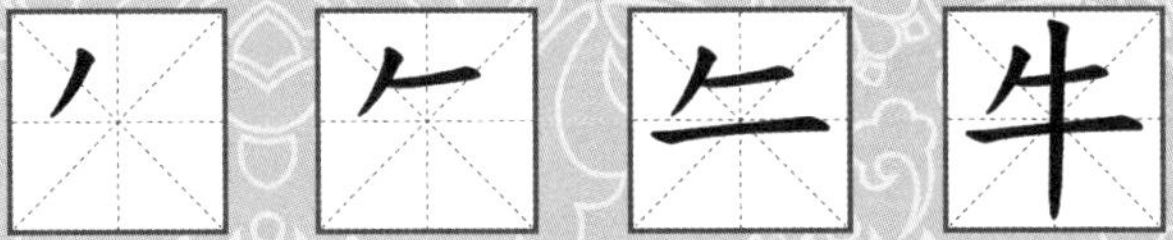

彈

十五劃

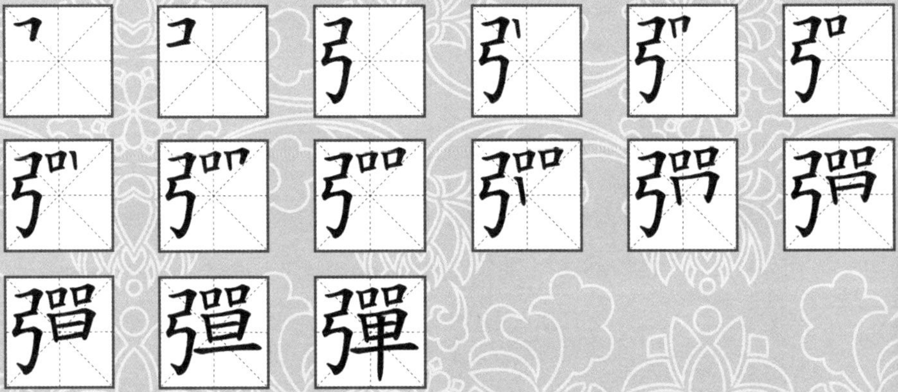

琴

十二劃

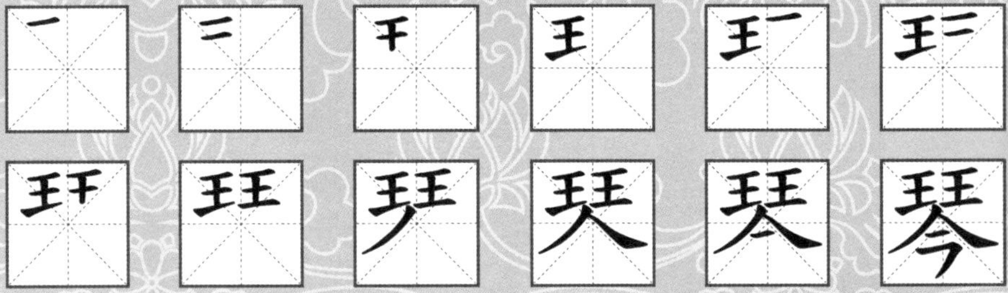

例句：
他竟向慣於浪費物品的Q小子大談環保理論，看來是「對牛彈琴」呢！

牛衣對泣

廣 ngau4 ji1 deoi3 jap1

普 niú yī duì qì

釋義

睡在牛衣裡，相對而泣，形容夫妻過着窮困的生活。

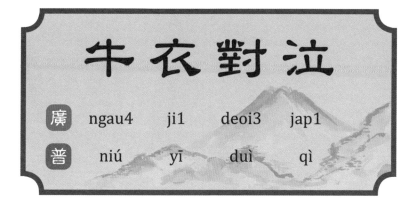

出處 《漢書．王章傳》

A博士，我回來了！
被窩暖呼呼的！如果有暖爐就更棒了！
Q小子，有很多人過着「牛衣對泣」的生活，你這樣算很幸福了！
牛衣？哦！是牛大叔的衣服嗎？
當然不是！牛衣是用亂麻編成，披在牛隻身上禦寒的蓑衣。

西漢時，有個叫王章的文人，跟妻子住在長安，過着貧困潦倒的生活。
有次，王章得了重病，可是家中連取暖的被子也沒有，只能睡在牛衣裡。
我恐怕熬不過去，要先行一步了……
你在胡說甚麼?!

牛衣對泣

牛衣對泣

牛衣對泣

牛衣對泣

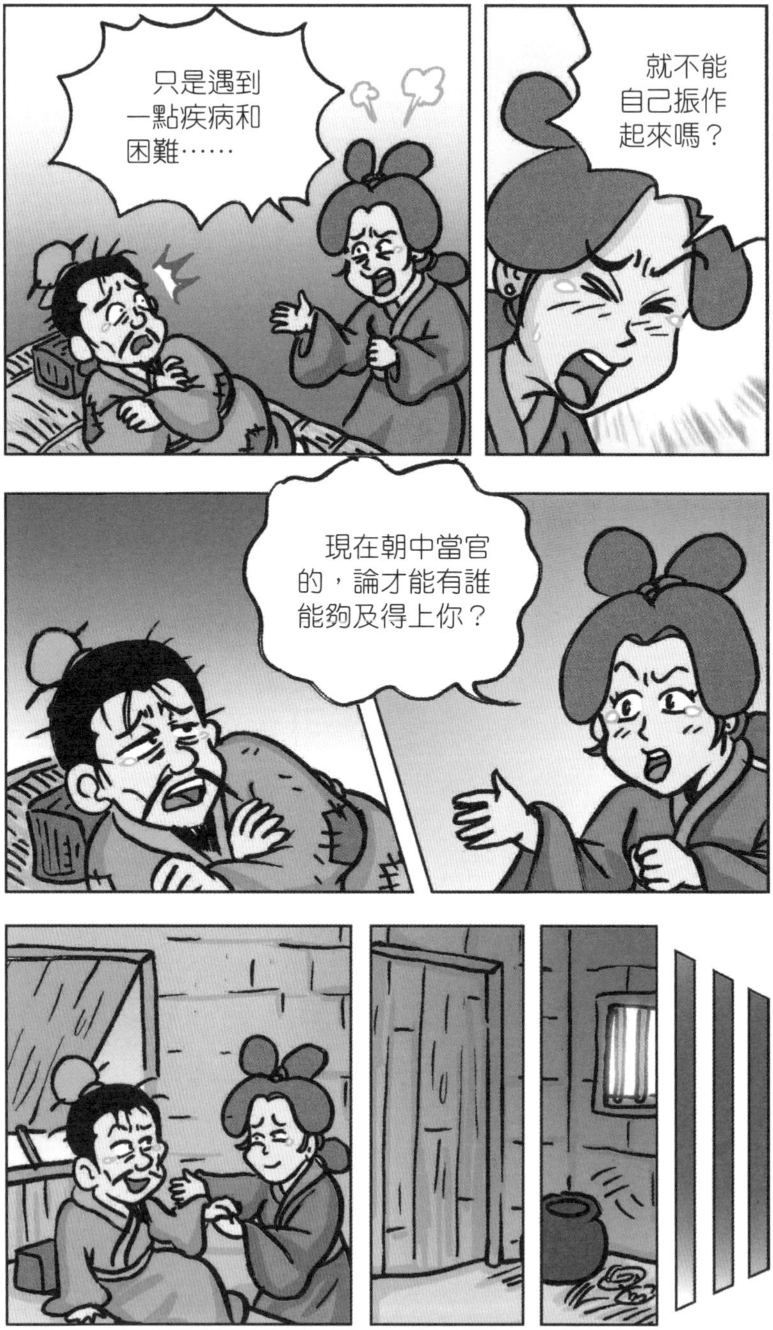
只是遇到一點疾病和困難……
就不能自己振作起來嗎？
現在朝中當官的，論才能有誰能夠及得上你？

義近

家徒四壁

得到妻子的鼓勵，王章後來果然在京城做了大官。
由於妻子當日的好言相勸，王章才得到今天的成就。
「牛衣對泣」後來便形容夫妻生活貧困，無法改善，唯有相對哭泣。

義反

錦衣玉食

Q小子！你有聽我講解嗎？
有呀！
那你說來聽聽。
嗯……話說這個……
牛大嬸買了一件名牌大衣穿在身上……
牛大叔一見，就心痛得哭了起來！

牛

四劃

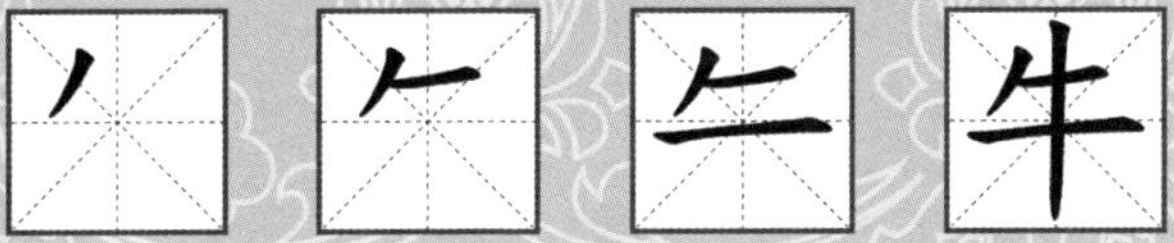

衣

六劃

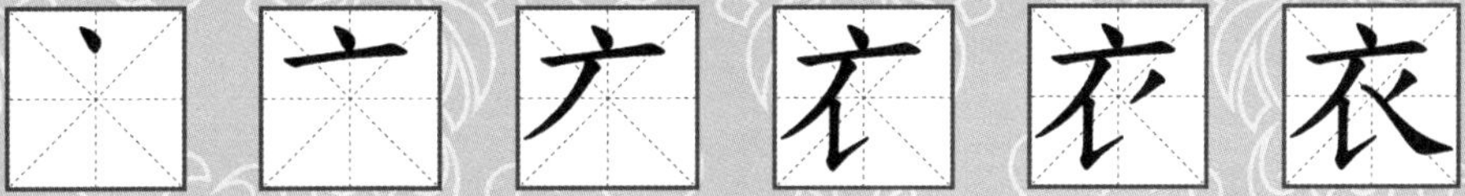

對

十四劃

泣

八劃

例句：

祖母每次想起那段與祖父牛衣對泣的日子，也不禁掉下淚來。

我們剛剛看了關於「虎」和「牛」的成語故事，你能把以下欠缺了「虎」字和「牛」字的成語與對的動物連起來，組成正確的成語嗎？

虎牛對對碰

養①遺患

④衣對泣

對②彈琴

暴③馮河

答案見頁 140

成語找找看

你能在下面找到與「虎」和「牛」相關的成語嗎？試把它們圈出來。提提你，當中還有曾在《白貓黑貓成語漫學 1 數字密碼篇》學過的成語呢！

龍	力	飛	養	南	方
粗	暴	虎	馮	河	北
病	遺	隊	長	對	九
患	泣	對	衣	牛	龍
不	畏	虎	一	彈	城
均	衡	毛	鳴	琴	寨

成語遊樂園

答案見頁 140

我們學習了九個「馬」、「虎」和「牛」的成語，你又記得多少？試與朋友一起挑戰，在一分鐘內，記下這些成語，然後以最快的速度背出來。以二十秒爲限，說得最多者勝。

記得快 好世界

對牛彈琴

牛衣對泣

車水馬龍

馬首是瞻

伯樂相馬

走馬看花

害群之馬

暴虎馮河

養虎遺患

魚

魚在水中悠然自得的神態，往往引起古人詠物抒情的興趣。南北朝詩人謝朓有《游東田》一詩，當中便有：「魚戲新荷動，鳥散餘花落。」宋代文學家蘇軾則寫下富哲理的《魚》：「湖上移魚子，初生不畏人。自從識鈎餌，欲見更無因。」閱讀以下與魚相關的成語故事，可以多認識魚在中國文化的形象。

如魚得水

廣	jyu4	jyu4	dak1	seoi2
普	rú	yú	dé	shuǐ

釋義

像魚兒得到水一般愉快和愜意。比喻遇到跟自己十分投契的人或很適合的環境。

東漢末年，劉備寄人籬下駐守新野。但是他胸懷大志，後來他三顧茅廬，請得著名軍師諸葛亮出山為他效力，遂得以建立蜀國，與當時的魏及吳三國鼎足而立。
你要成就鴻圖霸業，必須如此如此……這般這般……
所言甚是！
兩位賢弟，你們照辦便是！

出處 《三國志．蜀志．諸葛亮傳》

劉備和諸葛亮的感情日增，關羽和張飛開始看不順眼……
我們跟劉大哥是結拜兄弟，但看來還不及那個諸葛亮……
對！真氣人！
我們去質問他！
大哥，究竟在你心目中，我們的地位是否不及那個諸葛亮？!
我得到諸葛亮的輔助，就好像魚兒得到水一樣啊！你們不要再說閒話了！

如魚得水

如魚得水

如魚得水

你們用「如魚得水」來造句試試看。
我在遊樂場，就像「如魚得水」般的快樂！
你的熱帶魚回到海中，就是真正的「如魚得水」。
你造的句子沒問題，但我的熱帶魚怎會回到海中？
我替你放生了嘛！

近義　如虎添翼、意氣相投

反義　格格不入、龍困淺灘

如

六劃

魚

十一劃

得

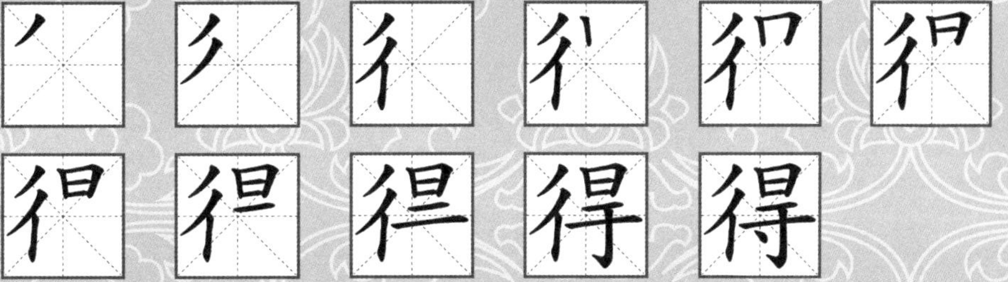

十一劃

水

四劃

例句：

自從新秘書到任後，經理得到人才相助，如魚得水，心情也明顯暢快得多！

魚目混珠

廣	jyu4	muk6	wan6	zyu1
普	yú	mù	hùn	zhū

釋義

混，參雜、冒充。拿魚眼冒充珍珠。比喻用假的冒充真的。

從前，有一個叫滿願的商人，他得到一顆直徑一寸長的大珍珠。
我一定要找個地方好好收藏這顆奇珠，不可隨便給人看！
這消息傳到鄰居壽量耳中，壽量十分羨慕，於是他想方設法也要得到一顆大珍珠。
有一天，他得到一顆很大很大的魚眼珠……
嘩！這顆大珍珠真美啊！

出處 魏伯陽·《參同契》上篇

壽量如獲至寶，喜孜孜地收藏起這顆「大珍珠」來，也不捨得給任何人看。

後來，他們兩人同時得了一種怪病。
一位郎中給他們開出藥方……
你需要用稀有的珍珠，把它磨成粉末作藥引，方能藥到病除。

他們各自拿出珍藏的「珍珠」來……

魚目混珠 魚目混珠 魚目混珠 魚目混珠

大夫看到滿願的珍珠時，大為讚賞。
果然是不世之珍！
相反，當他見到壽量的「珍珠」時，哭笑不得。
珍珠？這只是大魚的眼珠而已，真是魚目混珠，哪能用它治好你的病啊？
「魚目混珠」的意思是用假的或低劣的東西，冒充真的或貴重的東西。
我知道有一個人，就是靠魚目混珠來賺錢的！
是誰？去告發他！
他為顧客裝的都是「假牙」！
山羊牙醫診所

近義　以假亂真、濫竽充數

反義　貨真價實、黑白分明

魚
十一劃

魚

目
五劃

目

混
十一劃

混

珠
十劃

珠

例句：
有些魚目混珠的燕窩，其實是用豬皮製成的，要小心被騙啊！

緣木求魚

廣　jyun4　muk6　kau4　jyu4

普　yuán　mù　qiú　yú

釋義

爬上樹去找魚吃。即用錯方法，從錯誤的方向入手，最後徒勞無功。

孟子是戰國時著名的學者，是繼孔子後另一位重要的儒家人物。
我要周遊列國，宣揚儒家的仁義思想。
趙
燕
秦
齊
韓
楚
希望諸國君王停止戰爭，共同推行仁政。
孟子到齊國進行遊說……
齊王，戰爭只會勞民傷財，請你推行仁政吧！

出處 《孟子・梁惠王上》

但齊宣王半信半疑，更反問孟子……
現時列強爭鬥，你只須告訴我，怎樣才可稱霸天下？
要稱霸天下並不難！敢問齊王，可有撫恤黎民，使百姓安居樂業呢？
沒有。
齊王你又可有敦睦鄰邦、敬老扶幼呢？
也沒有。
如果一個人想吃魚，但不往河裡、海裡找…
反而爬上樹去找，結果當然難以有魚可吃！

緣木求魚

緣木求魚

緣木求魚

緣木求魚

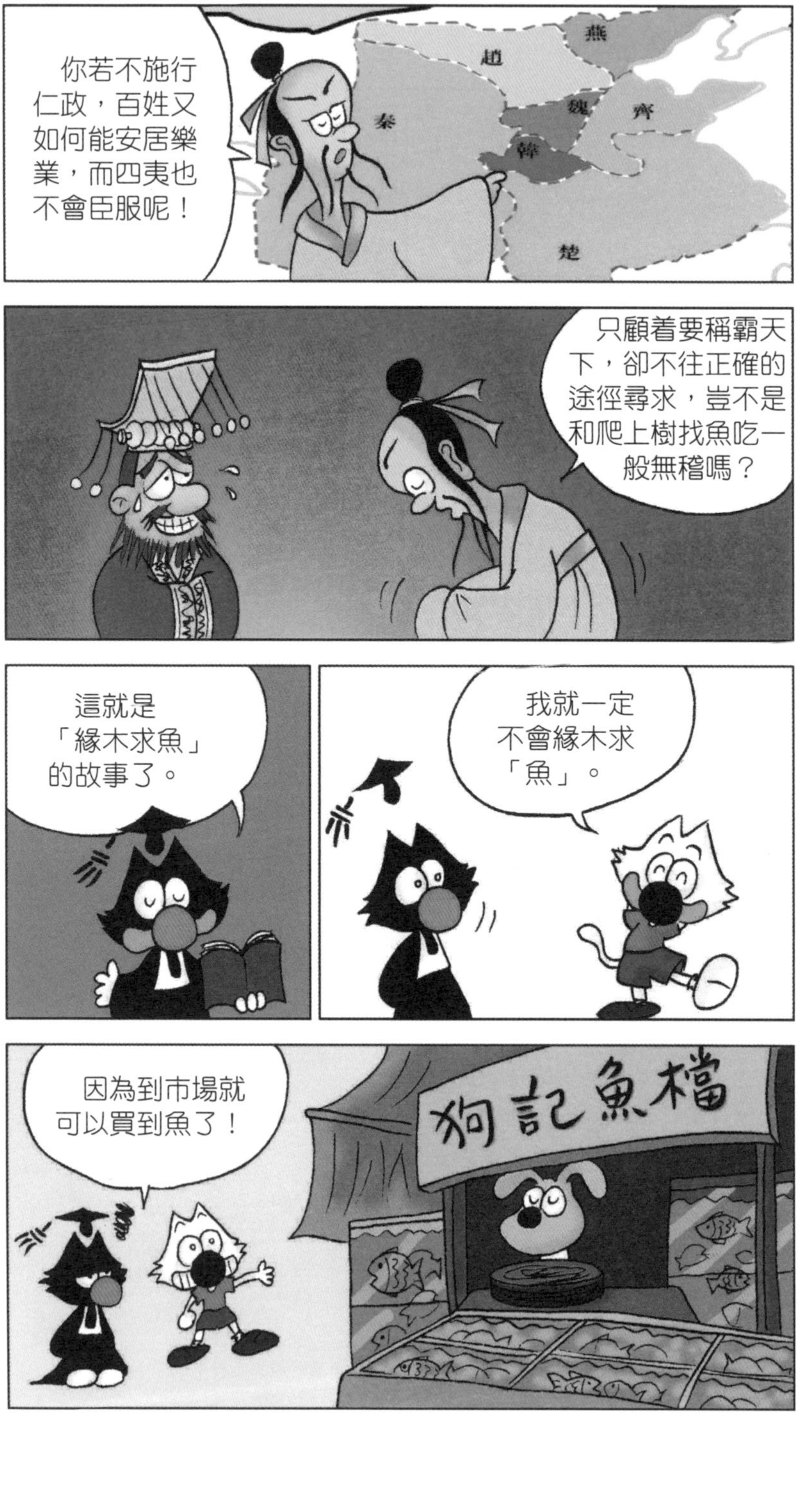

燕
趙
秦
魏
齊
韓
楚
你若不施行仁政，百姓又如何能安居樂業，而四夷也不會臣服呢！
只顧着要稱霸天下，卻不往正確的途徑尋求，豈不是和爬上樹找魚吃一般無稽嗎？
這就是「緣木求魚」的故事了。
我就一定不會緣木求「魚」。
狗記魚檔
因為到市場就可以買到魚了！

近義　水中撈月、竹籃打水

反義　探囊取物

緣

十五劃

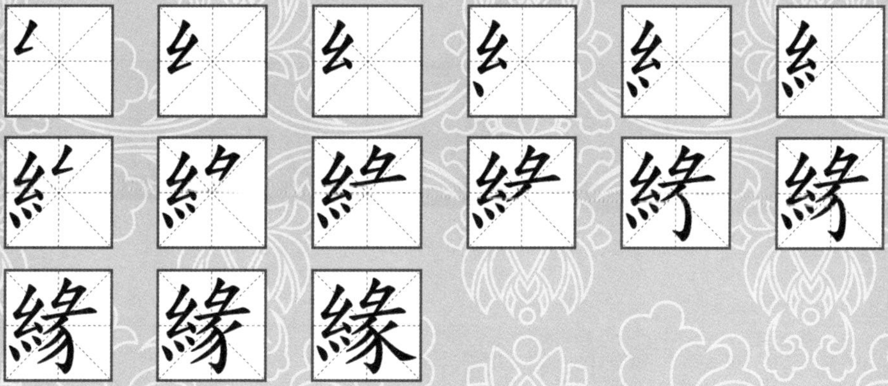

木

四劃

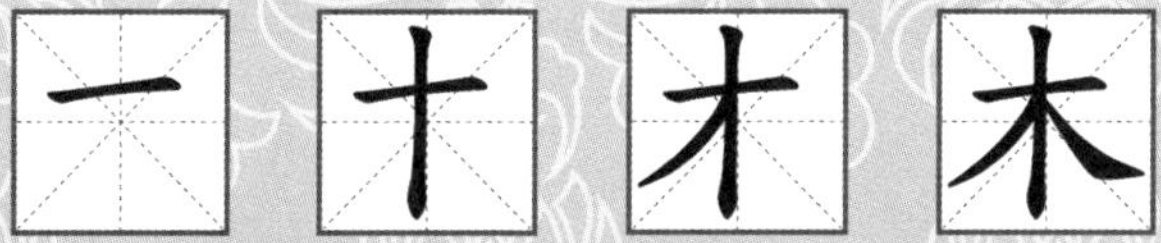

求

七劃

魚

十一劃

例句：

他想發財致富，卻終日游手好閒，這豈不是緣木求魚？

太公釣魚願者上釣

廣 taai3 gung1 diu3 jyu4 jyun6 ze2 soeng5 diu3

普 tài gōng diào yú yuàn zhě shàng diào

釋義

姜太公用不掛魚餌的直鉤釣魚，意思是願意上釣的魚，就自己上釣。比喻一個人心甘情願地上當。

好悶呀，A博士，不如說故事給我聽吧！
你真沒耐性！好吧，就說一個與釣魚有關的成語……

商朝末年，在渭水邊有個叫姜子牙的老翁經常在溪邊垂釣。姜子牙的魚鉤是直的，上面沒有餌，而且離水面三尺高……
不想活的魚兒呀，願意的話就自己上釣吧！

出處 《武王伐紂平話》

老先生，像你這樣釣魚，一百年也釣不到一條魚啊！
對你說實話吧！我不是為了釣到魚，而是為了釣到王與侯！
姬昌得知姜子牙這種古怪的釣魚方法……
派一名士兵去叫那老翁前來見我。
這位老人家……

太公釣魚
願者上鈎

太公釣魚
願者上鈎
太公釣魚
願者上鈎
太公釣魚
願者上鈎

釣啊，
釣啊……
魚兒不上釣，蝦兒來胡鬧！
姬昌聽了士兵的稟報後，改派一名官員去請姜子牙……
釣啊，
釣啊……
魚兒不上釣，小魚別胡鬧！
唔，這老翁可能是個曠世奇才，看來我要親自去恭請他才對！

義近

周瑜打黃蓋，一個願打一個願捱

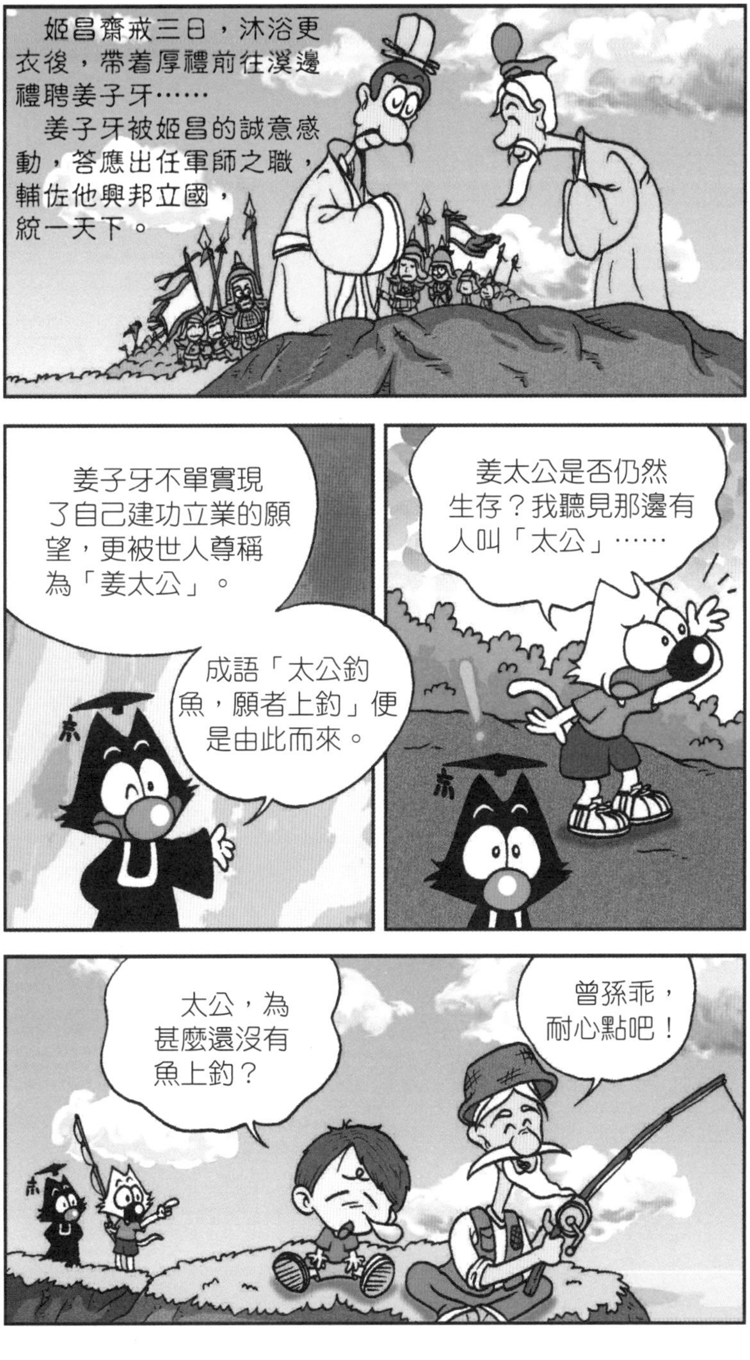
姬昌齋戒三日，沐浴更衣後，帶着厚禮前往渓邊禮聘姜子牙……
姜子牙被姬昌的誠意感動，答應出任軍師之職，輔佐他興邦立國，統一天下。
姜子牙不單實現了自己建功立業的願望，更被世人尊稱為「姜太公」。
成語「太公釣魚，願者上鈎」便是由此而來。
姜太公是否仍然生存？我聽見那邊有人叫「太公」……
太公，為甚麼還沒有魚上鈎？
曾孫乖，耐心點吧！

義反

趕鴨子上架

太
四劃

一	ナ	大	太

公
四劃

丿	八	公	公

釣
十一劃

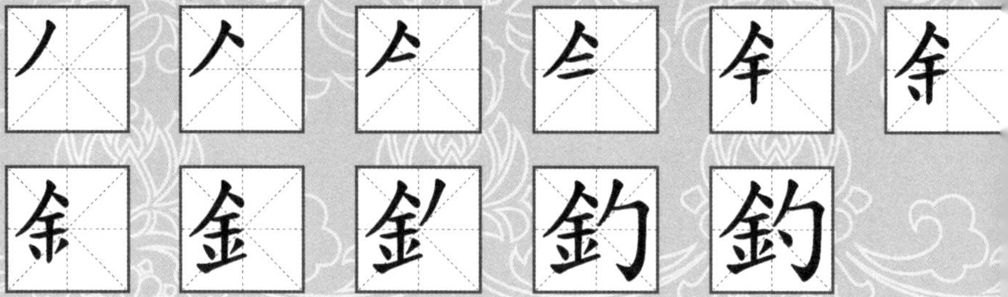

魚
十一劃

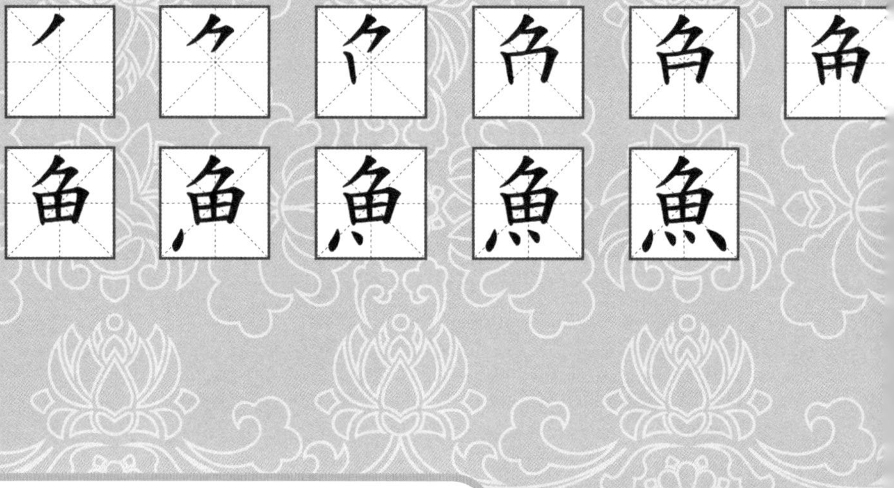

例句：

雖然美容產品價格昂貴，但太公釣魚，願者上釣，不少愛美的女士仍忍痛購買。

願

十九劃

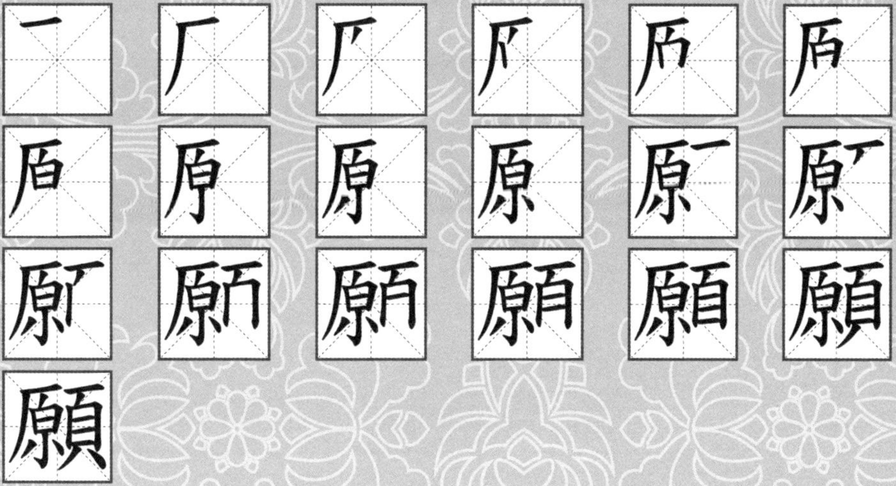

者

八劃

上

三劃

釣

十一劃

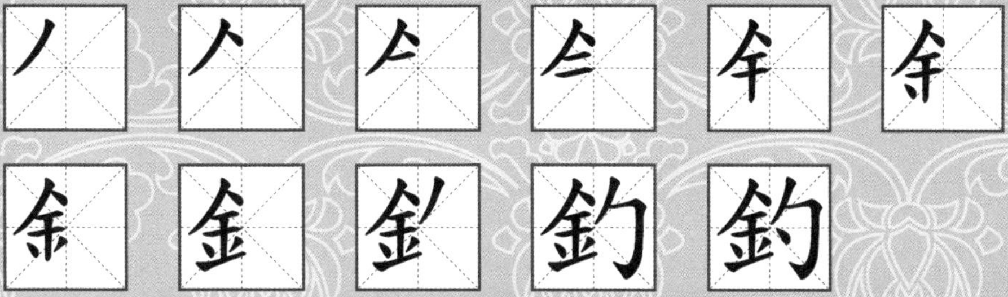

殃及池魚

廣	joeng1	kap6	ci4	jyu4
普	yāng	jí	chí	yú

釋義

比喻無故受到牽連而遭禍害。

小D竟然做好了功課！
哈哈，那麼我不客氣了！
請問你在幹甚麼？！

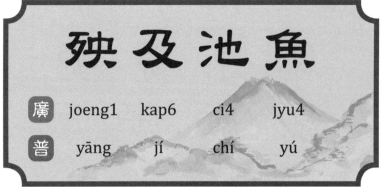

出處 宋《太平廣記》卷四六六引漢應劭《風俗通》及《呂氏春秋·必已》

Q小子抄功課，證據確鑿！罰……
Q小子去玩吧！
你怎麼了？
小D……
小D借功課給同學抄，一起罰抄校規十次！
超級熊抱
大人！冤枉啊！

殃及池魚
殃及池魚
殃及池魚
殃及池魚

我把功課放在檯面，想不到Q小子就拿去抄了！
不必解釋，只怪自己太不小心！
抄 !!!
都怪你！殃及池魚，連累我這無辜……
甚麼池魚？說起來我很久沒去釣魚了……
「殃及池魚」是一個成語啊！「城門失火，殃及池魚」你沒有聽過嗎？
不用這麼兇吧！

義近

無妄之災、禍從天降

從前，宋國有個名為池仲魚的人住在城門附近。
有一天，城門突然失火，由於當日天氣乾燥，火勢迅速蔓延……
雖然城裡的人都竭盡全力地救火，但熊熊烈火愈燒愈旺……
最後，大火蔓延至池仲魚的家，來不及逃走的他因此被活活燒死了。
城門發生火災，附近的百姓也受牽連，真可憐！
是你抄我的功課，弄得我也要受罰，誰可憐啊！
活學活用，不錯！不過「殃及池魚」還有另一個版本……

春秋時代，宋國的桓司馬得景公寵信，曾權傾一時……
他家財萬貫，擁有珍貴寶珠一顆。
後來，桓司馬因獲罪逃亡到國外……
景公想得到那寶珠，於是遣人查問其下落。
快查！
想要命的話就快說寶珠藏在哪裡！
我把寶珠扔到水池裡去了……
饒命！
把池水抽乾！一定要把寶珠找出來！
是！是！

最後，他們還是找不到那顆寶珠。不過，池裡的魚全部無辜渴死了。
這個版本最古老，來源出自《呂氏春秋》。
抄完~
回家啦~
被忽視……
且慢，我剛剛改完你們的功課。小D全部做錯，意味着……
Q小子也是全錯了！給我重做！
嘿，其實是你殃及我這池魚吧？！

殃

九劃

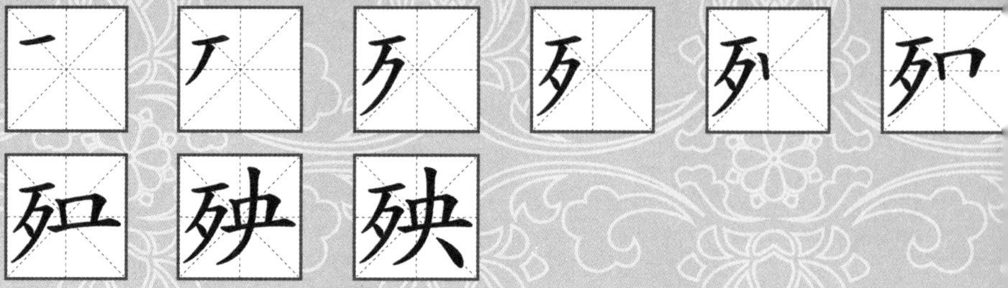

及

四劃

池

六劃

魚

十一劃

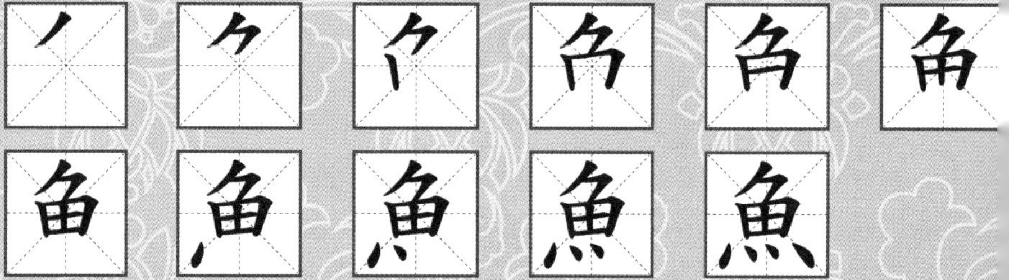

例句：

隨地扔香蕉皮的人不但被罰款，還「殃及池魚」，害一位老婆婆無端摔倒地上。

答對的貓兒有魚吃

我最愛吃的魚被藏起來了！你能跟我一起找嗎？試順序找出以下迷宮中的成語。記着啊！只可以向上、下、左、右走，不能斜走，亦不能重複。遇上有箭咀→的地方，一定要跟着那個方向走啊！

入口處

水	得	魚	如
緣	釣	魚	願
木	公	上	者
求	太	釣	
魚	珠	殃	魚
目	混	及	池

答案見頁 140

猜猜看，下面的圖畫代表甚麼成語？提提你，它可以是截至目前爲止**這本書出現過**的成語啊！

看圖猜成語

1

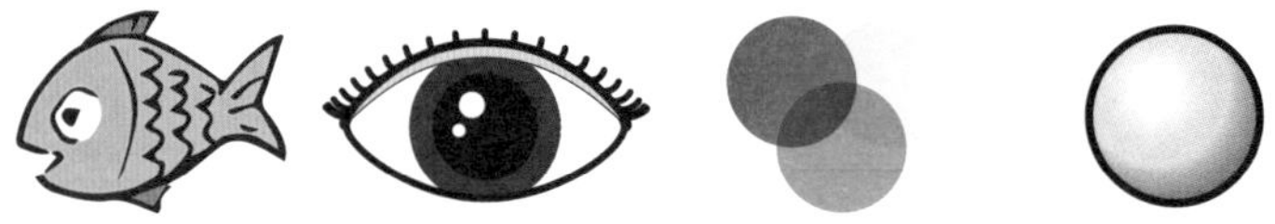

2

3

4

5

答案見頁 140

鳥

鳥兒在林間歌唱，或在天空中飛翔的姿態，常常引起人們對自由、無拘無束生活的嚮往，因此成為不少古代中國文學作品的詠嘆對象。宋代文學家歐陽修的《畫眉鳥》提到：「百囀千聲隨意移，山花紅紫樹高低。始知鎖向金籠聽，不及林間自在啼。」與鳥類相關的成語也十分多，我們現在來認識它們。

聞雞起舞

廣 man4 gai1 hei2 mou5

普 wén jī qǐ wǔ

釋義

比喻奮發自勵，亦喻精神振作，富有朝氣。

跟你說一個「聞雞起舞」的故事。
不用你說，我也知道聞雞起舞的意思。
雞年到了，我和小咪去跳舞慶祝！此乃「聞雞起舞」……
聽好了，晉朝時，有祖逖與劉琨兩位好友……
他們經常聯床夜話，直至夜深才睡……

出處 《晉書 · 祖逖傳》

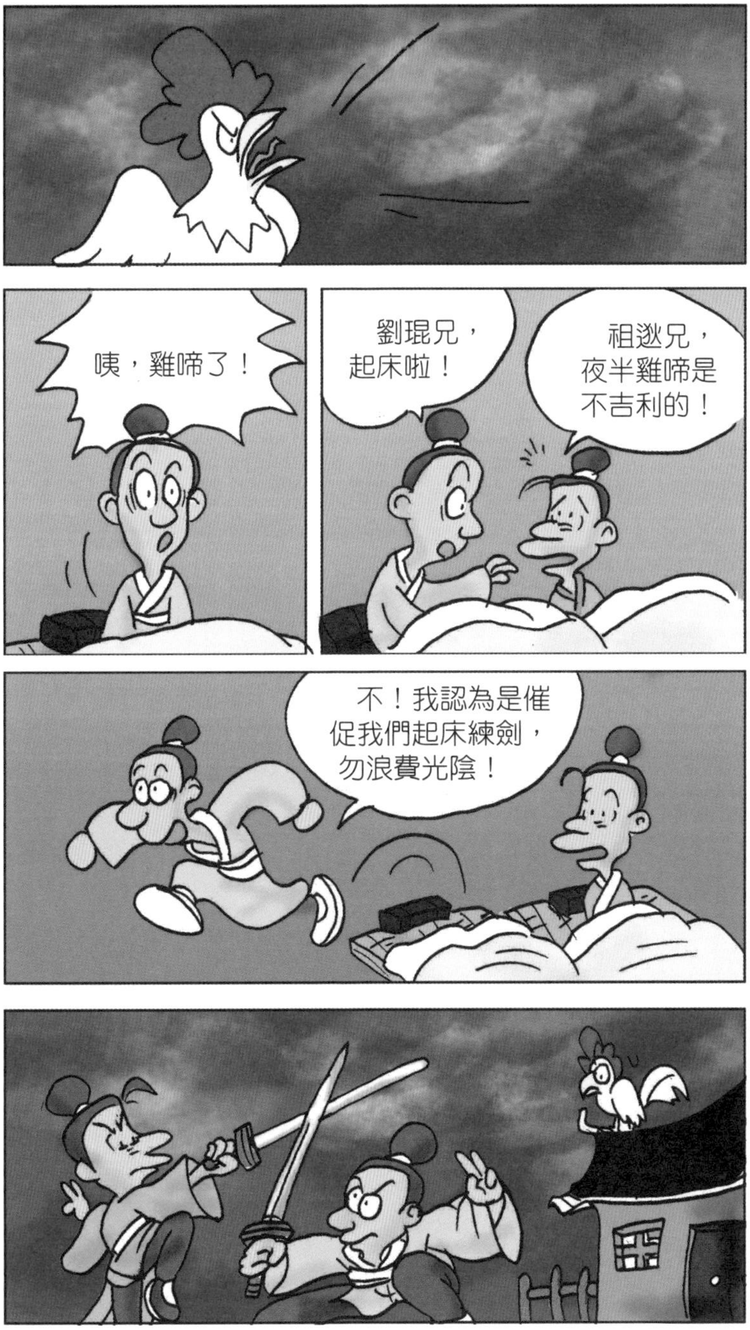
咦，雞啼了！
劉琨兄，起床啦！
祖逖兄，夜半雞啼是不吉利的！
不！我認為是催促我們起床練劍，勿浪費光陰！

以後，聽見雞啼我們就立即起床練劍！
一言為定！
後來，二人都成為晉朝的大將，而他們「聞雞起舞」的故事也成為努力奮鬥的榜樣。
他們的成就，我的功勞最大呢！
喔!!
試試鼓勵Q小子！
他也起床練劍呢！
半夜三更吵醒我？看劍！

義近

發憤圖強、自強不息

義反

虛度光陰

聞

十四劃

雞

十八劃

起

十劃

舞

十四劃

例句：

讀書做事若有聞雞起舞的精神，
前途一定會無可限量。

門可羅雀

廣 mun4 ho2 lo4 zoek3

普 mén kě luó què

釋義

比喻失勢的人門前冷清，沒有來訪的客人。

古時，有位做大官的翟公，當他春風得意時，客人擠滿門庭。
但丟官後，門庭冷落得可以捕雀呢！
後來，翟公又恢復了官職，昔日的賓客又回來了！

門可羅雀

出處 《史記·汲鄭列傳》

翟公非常感觸，便在門外寫下幾句話。
一生一死　乃知交情
一貧一富　乃知交態
一貴一賤　交情乃見
結果那些勢利之人，都羞愧地回去了。
現在若然「門可羅雀」，比以前更不妙！
何解？
因為現在有禽流感啊！

義近　門庭冷落

義反　門庭若市、戶限為穿

門

八劃

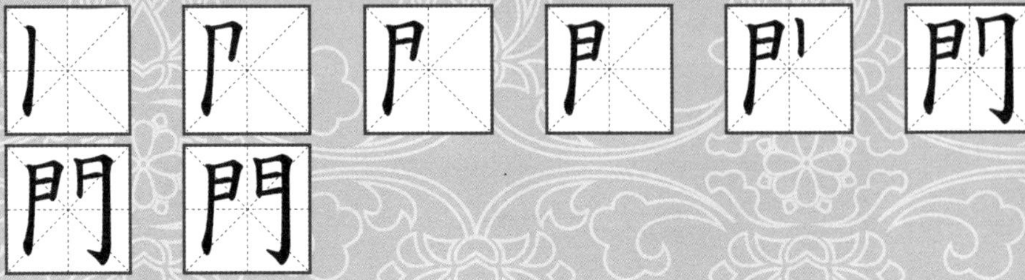

可

五劃

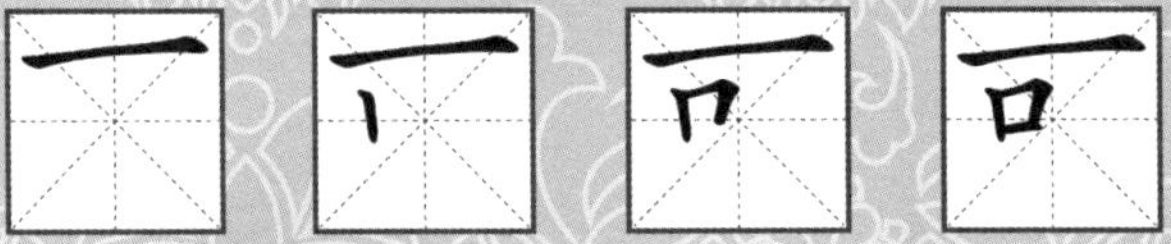

羅

十九劃

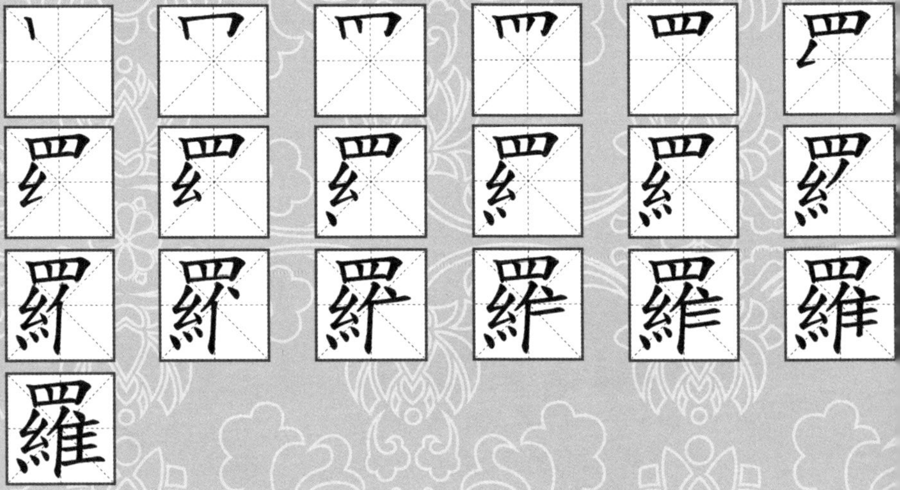

雀

十一劃

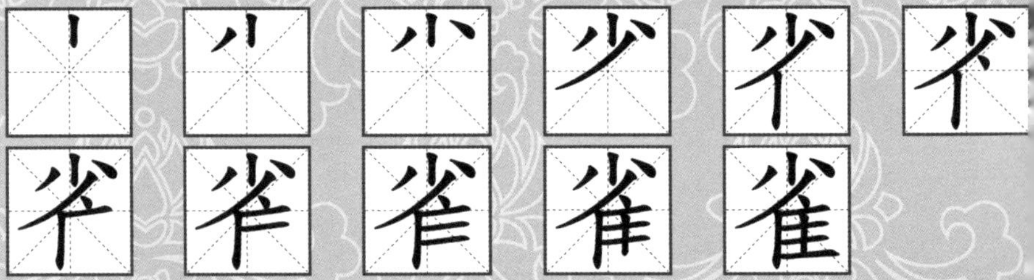

例句：

他當議員時，家裡整天賓客不斷，現在落選了，就「門可羅雀」，境況難堪。

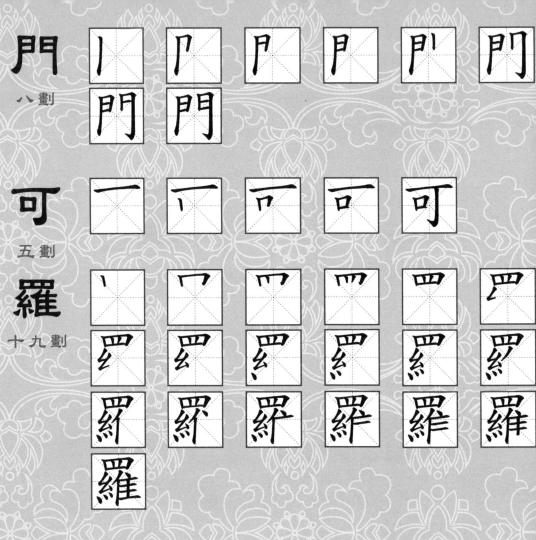

驚弓之鳥

廣 ging1 gung1 zi1 niu5

普 jīng gōng zhī niǎo

怎麼回事？
哥哥好可憐！拿着成績表不敢打開，一臉憂愁。
這叫「驚弓之鳥」！
咦？哪裡來的小鳥？
「驚弓之鳥」是句成語……

釋義

比喻受過驚嚇的人，心有餘悸，稍稍碰到一點動靜就非常害怕。

出處　《戰國策‧楚策四》

戰國時，魏國有個射箭高手名叫更羸。有一天，更羸與魏王出外郊遊，在高台上看見一隻大雁從頭頂飛過……
大王，我只要把空弓拉一下，就能把在天上飛翔的鳥兒射下來……
不可能吧?! 太令人難以置信了！
可否讓我開開眼界？
這時，那大雁剛又掠過，更羸舉弓拉了一下空弦，隨着弦聲一響，大雁真的從半空中掉了下來……

近義　杯弓蛇影、風聲鶴唳

反義　初生之犢

真的太神奇了，你是如何辦得到的？
稟大王，這並沒有甚麼稀奇的，只不過因為這隻大雁剛受過箭傷罷了。
哦，你是如何知道牠受了箭傷？
大雁飛得緩慢，叫得淒厲，因此可知牠受了傷……
而叫聲淒厲是因為與同伴散失了！
牠身負箭傷，心裡很害怕，一聽到弓弦聲就拼命往高處飛……
結果傷口又再裂開，在疼痛不已的情況下就掉了下來。

驚弓之鳥

驚弓之鳥

驚弓之鳥

驚弓之鳥

後來，「驚弓之鳥」就用來比喻受過驚嚇的人，稍遇到風吹草動就會惶恐不安。
哦，原來「驚弓之鳥」是這樣的意思。
A博士，你幫我打開測驗卷看看好嗎？
哇！
你的分數是……
哇！哥哥嚇昏了！
真的是「驚弓之鳥」！
其實他今次有進步，剛好合格啦！
50

驚
廿三劃

弓
三劃

之
四劃

鳥
十一劃

例句：

小美之前曾被野狗咬傷，現在每次聽到狗吠聲，就會像驚弓之鳥一樣，躲在媽媽身後發抖。

愛屋及烏

廣	oi3	uk1	kap6	wu1
普	ài	wū	jí	wū

釋義

比喻非常喜愛一個人，從而也喜愛及關心與他有關的人或物。

嘩！河馬先生家裡全都是酒！紅酒、白酒、啤酒、威士忌、拔蘭地……
甚麼？連跌打酒、消毒火酒也收藏？
跌打酒
消毒火酒
嘻嘻，我是愛屋及烏啊！

出處 《尚書大傳．大戰》

這是一個成語，河馬先生的意思是說，他喜歡喝酒……
而與酒相關的東西，他都會連帶收藏。
說說這個故事吧！
在商朝末年，殘暴不仁的紂王被周武王姬發討伐，最後商朝滅亡。
滅商朝後，周武王建立了周朝。
但在接收政權後，周武王卻為一事而煩惱……
周武王
唉，應當如何處理舊朝的皇親國戚呢？
姜太公

臣聽說過，當你喜歡一個人，會連他屋上的烏鴉也愛護有加……
反之，則連他家的籬笆也感到討厭。
姜太公的意思是紂王的餘黨應一網打盡，全部捉拿起來。
不！
仁義的周武王並沒有採用姜太公的方案……
他放過了那些餘黨，以行「仁政」來感化天下……
萬歲！
萬歲！

義近

相濡以沫、惜花連盆

愛屋及烏
愛屋及烏的成語就如此流傳下來了。
所以我老婆應該愛屋及烏，愛我之餘……
也愛我的酒啊！
堆積如山！
看來河馬太太不怎麼「愛」你啊！嘻嘻！

義反

殃及池魚

愛
十三劃

屋
九劃

及
四劃

烏
十劃

例句：

陳叔叔與爸爸是要好的朋友，我雖然淘氣頑皮，但愛屋及烏，他還是對我十分愛護啊！

鵬程萬里

廣 paang4 cing4 maan6 lei5

普 péng chéng wàn lǐ

我上星期撿回來養的小鳥不見了！
會不會是飛走了？
好了好了……別哭……讓我說個關於鳥的成語故事給你聽吧！

釋義

比喻前程遠大。多用作祝福之詞。

出處 《莊子‧逍遙遊》

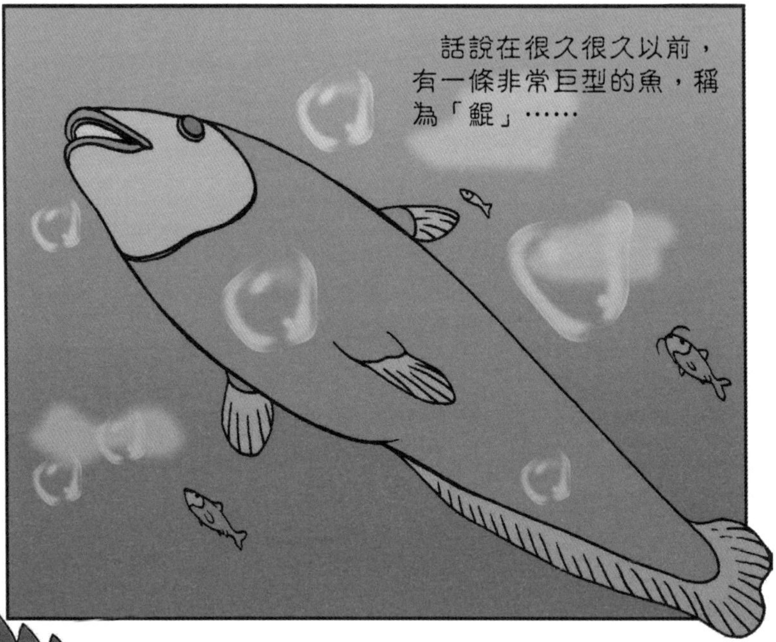
話說在很久很久以前，有一條非常巨型的魚，稱為「鯤」……

後來，「鯤」變成了一隻鳥，叫作「鵬」……

義近 前程萬里、前途無量

義反 走投無路、窮途末路

鵬程萬里

鵬程萬里

鵬程萬里

鵬程萬里

當海風颳起之時，
牠就會乘風翱翔，
扶搖直上九萬里，
飛往南海……
而這隻巨大的鵬之所以能飛往青空，是借助疾勁的強風……
當有足夠的風力，牠就能一飛衝天，在天際飛翔……
「鵬程萬里」就是指前程遠大的意思。
朱古力，明白了嗎？

雀鳥在羽翼豐盛強壯後，都會奔向自己的前程，在穹蒼自由飛翔。
你的鳥飛走……是因為牠已經長大了，要踏上自己的人生路……所以你別再哭啦，知道嗎？
可是…可是我的鳥不會飛的呀？
甚麼？你養的是甚麼鳥？
朱古力，我找到你的鳥兒啦！
在哪裡!?
這裡。
你怎麼會躲在這裡的？
企鵝?!

鵬

十九劃

程

十二劃

萬

十三劃

里

七劃

例句：

祝你鵬程萬里，將來學成歸來，

可別忘了我們這群患難弟兄啊！

鴻鵠之志

廣	hung4	huk6	zi1	zi3
普	hóng	hú	zhī	zhì

釋義

鴻和鵠，都是在高空中飛翔的大鳥，用以比喻志向遠大的人。

下一個目標：默書一百分。
努力必勝！
對！只要有「鴻鵠之志」，你們一定可以成功的。

鴻鵠之志

鴻鵠之志
鴻鵠之志
鴻鵠之志

出處　《史記・陳涉世家》

鴻鵠是甚麼東東？可以吃的麼？
讓我跟你說個成語故事吧。
秦朝末年，陽城縣有個名叫陳涉（又名陳勝）的人，家裡很窮，只靠替人耕田維生。
有一天，陳涉工作累了，坐在田壟上休息……
陳涉
他朝我若大富大貴，必定不會忘記今天所受的苦！
別造夢了！你只不過是個幫人耕種的農夫，別妄想會有富貴的一天。
唉，小小燕雀怎會明白鴻鵠內心的志向……

Q小子補充教室：鴻是大雁，鵠是天鵝，都是能在高空飛翔的大鳥。
相反，燕子和黃雀只是小鳥，全句表示牠們無法明白鴻鵠的遠大志向。
結果，秦始皇死後，陳涉和吳廣率先起兵反秦，更自立為陳王。
陳
陳涉還是個農夫時已懷有鴻鵠之志，我們也不能輸給他呢！
既然我們立定志向，你應該為我們打打氣……

義近

雄心壯志、志在千里

怎樣打氣？
OCEAN PARK
原來……
你們並非有「鴻鵠之志」，只是希望有「鴻鵠將至」！
「鴻鵠將至」是指學習不專心，卻期望有意外的福氣！

反義

胸無大志

鴻

十七劃

鵠

十八劃

之

四劃

志

七劃

例句：

雖然小張家境貧困，卻從小已懷有鴻鵠之志，誓要創出一番事業。

我們都有一個家，不過，鳥兒卻飛錯了家門，你能幫牠們**飛回去自己的家**嗎？試將鳥兒與正確的成語配對。

幫鳥兒回家

聞 雀 起舞

門可羅 鳥

愛屋及 雞

鵠 程萬里

鴻 鵬 之志

答案見頁140

起點／終點
聞雞起舞
今天開始，訂下目標，發憤圖強，加油！前進兩步。
1
2
3
21
20

飛鳥康樂棋

遊戲規則

1. 找一至兩位朋友一起玩。
2. 找來細小的東西當棋子，例如不同顏色的鈕扣。另外預備一顆骰子。
3. 輪流擲骰，按骰子的步數移動棋子。最快到終點者勝。

鵬程萬里
祝願我們都能夠展翅高飛，獲得成功。前進兩步。
19

18
17
愛屋及烏
當你愛你的家人，就能包容他的一切。前進兩步。
16
15

4
鴻鵠之志
做人應有大志，敢於冒險。跨步向前至12。
5
6
7
8
鬥可羅雀
人生一時不得意，最能見人心，豬朋狗友四散，難得清靜。停擲一次休息。
9
10
11
12
13
驚弓之鳥
上次很努力卻失敗了，今次結果又會如何呢？誠惶誠恐，很怕再遭滑鐵盧。後退兩步。
14

處世個案調查組

你是處世調查小組成員，正在偵查一衆小人類，看看他們的處世方法。在每個個案的最後，請你用一個鳥類的成語，寫下評語。

個案 1

姓名：林巧晴
年齡：10
事例：打算將來競選香港特首，為大眾謀福祉，所以非常努力地學習，每天都留意新聞，也跟爸媽討論時事。

評語

個案 2

姓名：楊子瑜
年齡：6
事例：有一次跟爸爸逛商場時，只顧自己看玩具，看完發現爸爸不見了，非常害怕，原來爸爸只是到隔鄰商鋪買小食，但已經足以嚇壞她了。從此，每次上街她都緊牽着爸媽的手不放。

評語

個案 3

姓名：羅展鵬
年齡：12
事例：弟弟最近養了一隻兔子，他很不喜歡，覺得毛茸茸的很恐怖，但因為那是弟弟的寵物，所以他也陪着一起玩。

評語

個案 4

姓名：丘朗橋
年齡：6+
事例：非常積極地要學好中文，每天都會複習所學，每星期放假又會撥出時間看課外書，例如現在就在看《白貓黑貓成語漫學》。

評語

答案見頁 140

昆蟲

在眾多蟲類之中，蟬經常被視為品行高潔的象徵。唐代詩人李商隱的《蟬》提到：「本以高難飽，徒勞恨費聲。五更疏欲斷，一樹碧無情。薄宦梗猶泛，故園蕪已平。煩君最相警，我亦舉家清。」作者詠蟬以寄情，表達了縱使仕途不順，仍堅守清高之志的決心。各種昆蟲在詩詞和成語故事中的形象層出不窮，讓我們一起學習與蟲有關的成語故事吧。

螳螂捕蟬

廣 tong4 long4 bou6 sin4

普 táng láng bǔ chán

釋義

比喻目光短淺，只想到算計別人，沒想到有人在算計自己。

春秋時，吳王召集群雄，宣佈要進攻楚國。
我要將楚國殺個片甲不留！誰膽敢阻撓，決不輕饒！

吳國目前的實力還不足以攻打楚國啊！真令人擔心！
吳王如此專橫，要說服他真不容易！
眾大臣為此憂心不已……

出處 《莊子 · 山木》

這時，有人開腔說……
總有辦法勸阻吳王的！
第二天清早，他特意在皇宮的花園，等待經常在此散步的吳王。
吳王來到花園時，看見他手持彈弓，呆看大樹的模樣，覺得很奇怪……
你在幹甚麼？
大王，你看啊！樹上有隻蟬，只顧着喝露水，卻沒察覺身後有隻螳螂……

螳螂捕蟬
螳螂捕蟬
螳螂捕蟬

這有甚麼稀奇？
螳螂一心想捕蟬，卻料不到身後有隻黃雀……正準備啄食牠。
而黃雀又怎料到自己已被我的彈弓瞄準了呢？
吳王聽到這裡，便明白到大臣是要勸喻他……後來他終於醒悟過來，改變攻打楚國的決定。
那我也要改變努力考第一名的念頭！
我怎能只顧眼前的功名，而妄顧日後被同學追過名次的危險呢？

近義：見得忘形

反義：瞻前顧後

螳

十七劃

螂

十五劃

捕

十劃

蟬

十八劃

例句：

他一心只想暗算別人，沒想到這次螳螂捕蟬，竟被人早着先機。

囊螢映雪

廣	nong4	jing4	jing2	syut3
普	náng	yíng	yìng	xuě

釋義

原是車胤和孫康勤奮苦學的故事，後來形容人們夜以繼日，苦學不斷的精神。

出處 《晉書．車胤傳》

抱歉，我的實驗出了點問題，引致短路……恐怕要明天才能修復……
哪怎麼辦？我們還在做功課啊……
Sorry!
天助我也！沒法啦，唯有睡覺去了！
你應該學習囊螢映雪的精神。
囊螢映雪？
?

囊螢映雪

囊螢映雪

囊螢映雪

囊螢映雪

噢，我記得你之前說過，現在就去捉螢火蟲！
不對，這次我要講的是「映雪」而非「囊螢」……
話說晉朝的孫康與「囊螢」故事中的車胤一樣，家裡非常窮困……
他沒錢買油燈，晚上無法讀書，只能夠早早入睡……
直到一個冬天，他半夜醒來，發現外面映射着皚皚雪光……
孫康不顧寒冷，走出屋外利用雪光來看書……

義近

鑿壁偷光

此後，每逢雪夜，他都會走出屋外苦讀。他的努力沒有白費，終於成為飽學之士，不但滿腹經綸，更考試及第，做了大官……
可是……現在沒有雪呀……
所以呢，還是捉螢火蟲比較好！
在城市捉到螢火蟲談何容易，但暫時借用電筒又如何？

囊

廿二劃

螢

十六劃

映

九劃

雪

十一劃

例句：

他自小家境貧困，但不惜囊螢映雪，刻苦攻讀，終於取得成功。

雕蟲小技

廣 diu1 cung4 siu2 gei6

普 diāo chóng xiǎo jì

釋義

比喻一些微不足道、難登大雅之堂的技能。

蟲

出處 《北史‧李渾傳》

好厲害的劍氣！
我的劍術是小技，但甚麼是「雕蟲」？
「蟲」指「鳥蟲書」，乃古漢字的一種字體，字形似蟲鳥。
蟲?!
「雕蟲」是指文章技巧稚劣，好比小孩學雕刻、寫鳥蟲書，
都只是一門小技藝而已。
這成語還跟詩仙李白有關！

義近 雕蟲篆刻

義反 雄才大略

唐朝時，有一位名叫韓朝宗的荊州刺史……
韓朝宗
他樂於提拔青年才俊……
有一次……
李白
讓我也寫信給他，述說理想，或許會得到他的賞識。
「恐雕蟲小技不合大人。」
我懂！他的意思是說……
換裝~
恐怕我寫的只是微不足道的文章，不適合大人欣賞。
對！

雕蟲小技

雕蟲小技

雕蟲小技

雕蟲小技

原本這句話多用來形容詩詞文章。
後世則形容微不足道的小技倆。
Yeah
但我覺得應該改一改……
我既不會雕刻，又不會寫鳥蟲書……
所以「雕蟲」該是大技才對，應叫「雕蟲大技」。
雕蟲大技

雕

十六劃

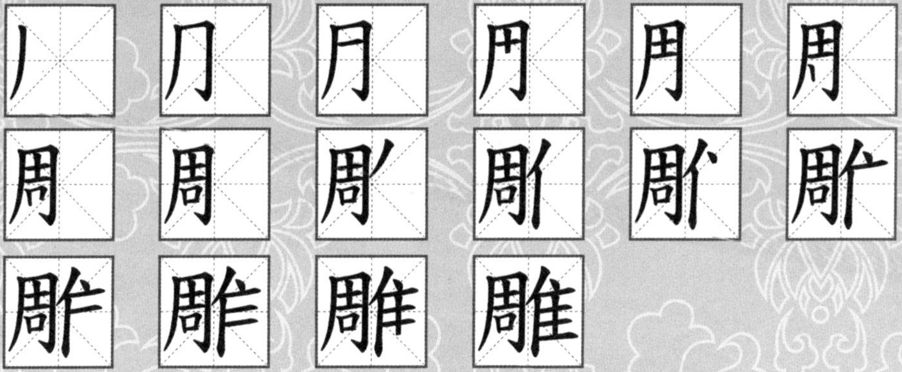

蟲

十八劃

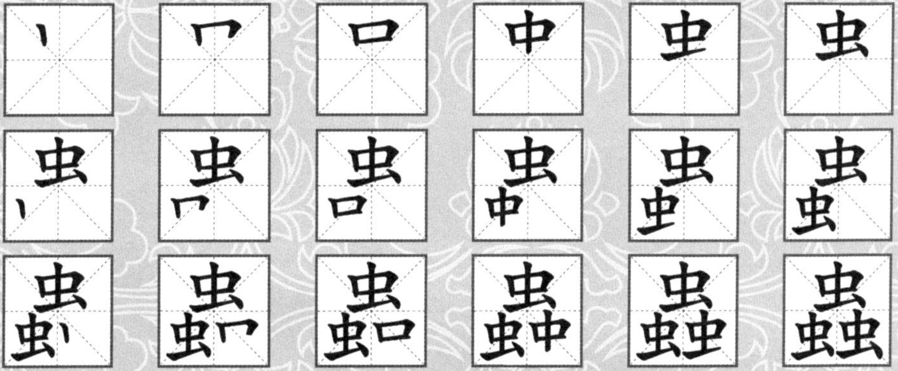

小

三劃

技

七劃

例句：

台上正在表演魔術，別以為是雕蟲小技，要學得精妙也並非容易呢！

搜尋成語動物園

在成語動物園裡，每隻動物都會被配上一句成語，未配上成語的動物，就需要放生了。你能找到能配出以下各成語的動物嗎？試把相關的動物和成語**連起來**，並把未配上成語的動物放生。

愛屋及（　）

囊（　）映雪

螳螂捕（　）

緣木求（　）

聞（　）起舞

對（　）彈琴

驚弓之（　）

伯樂相（　）

雕（　）小技

我們要將＿＿＿＿＿＿＿＿放生。

答案見頁 140

你已經閱讀了二十三個成語故事了。試來接受挑戰，看看你是否已懂得靈活運用這些成語。

第一關

以下成語含褒義還是貶義？在空格內填寫適當的答案。

愛屋及烏	囊螢映雪	鵬程萬里
聞雞起舞	魚目混珠	對牛彈琴
驚弓之鳥	鴻鵠之志	害群之馬
門可羅雀	如魚得水	殃及池魚

褒義	貶義

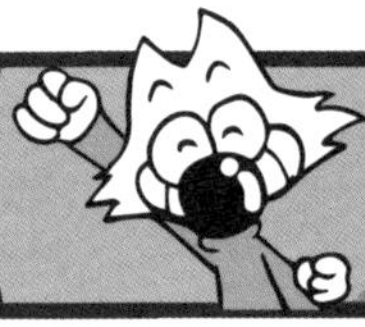

第二關

根據以下提示說明，將正確的答案填入空格處。

橫向
1 縱容壞人壞事會留下後患
2 遇到跟自己意氣相投的人或很適合的環境
3 服從指揮或跟隨他人進退
4 指人有遠大的抱負

直向
一 有勇無謀，魯莽冒險
二 用錯方法，徒勞無功
三 形容繁華熱鬧的景象
四 危害社會或集體的人

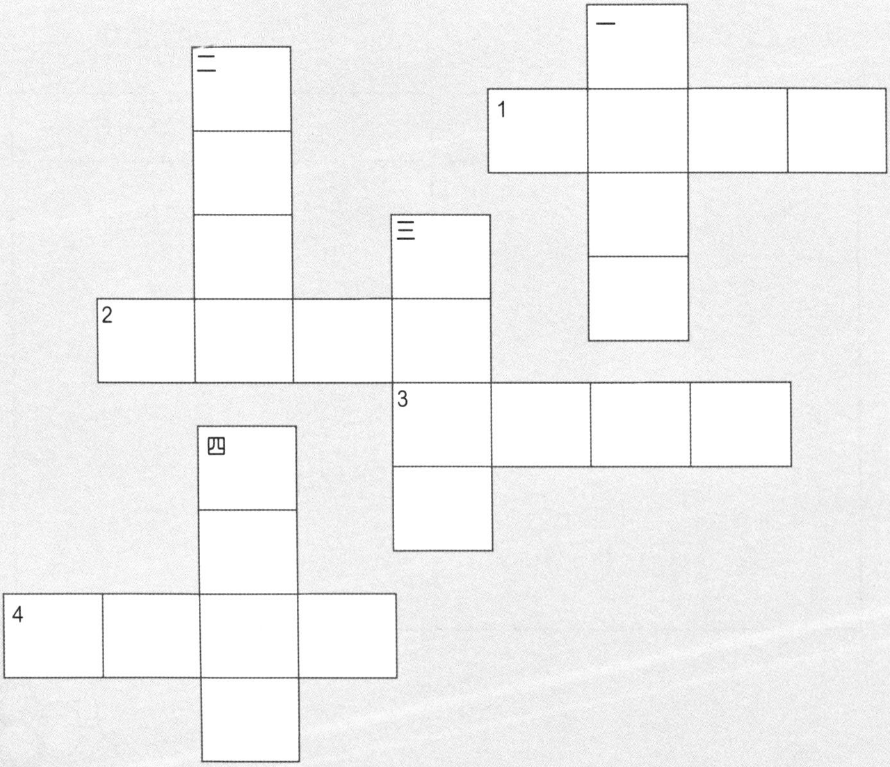

第三關

圈出適當的答案。

1. 不法商人為求賺取利潤，以偽冒的名牌服飾＿＿＿＿＿＿＿，欺騙顧客。
 (a) 魚目混珠　　(b) 緣木求魚
 (c) 驚弓之鳥　　(d) 害群之馬

2. 博物館快要關門了，我們只好＿＿＿＿＿＿＿，未能細看每件展品。
 (a) 聞雞起舞　　(b) 伯樂相馬
 (c) 牛衣對泣　　(d) 走馬看花

3. 表兄有多年露營經驗，我們當然以他＿＿＿＿＿＿＿，尊重他的決定。
 (a) 暴虎馮河　　(b) 愛屋及烏
 (c) 螳螂捕蟬　　(d) 馬首是瞻

4. 由於經濟轉差，街角的小食店＿＿＿＿＿＿＿，恐怕有倒閉的危機。
 (a) 殃及池魚　　(b) 車水馬龍
 (c) 門可羅雀　　(d) 鴻鵠之志

5. 這些小手工不過是＿＿＿＿＿＿＿，不能稱得上是藝術品吧。
 (a) 囊螢映雪　　(b) 雕蟲小技
 (c) 對牛彈琴　　(d) 太公釣魚願者上釣

6. 志剛為人陰險狡猾，你留他在團隊中，不怕＿＿＿＿＿＿＿嗎？
 (a) 養虎遺患　　(b) 如魚得水
 (c) 鵬程萬里　　(d) 緣木求魚

第四關

判斷以下各項的成語用法是否正確。正確的，在橫線上加「✔」；不正確的，在橫線上填寫正確的答案。

1. 佩雯對足球沒有興趣，你跟她大談昨天的校際足球比賽，可謂**對牛彈琴**。 ____________

2. 班上的**害群之馬**經常在小息時大聲叫嚷，滋擾其他同學。 ____________

3. 藹珊的家曾遭爆竊，夜裡只要稍有任何聲響，她都有如**暴虎馮河**，難以入睡。 ____________

4. 啟榮自小喜愛動物，現投身動物保育工作，可謂**囊螢映雪**。 ____________

5. 偉業快將到外國升學，在歡送會上我祝福他**鵬程萬里**，一帆風順。 ____________

6. 這地區正進行重建工程，昔日**走馬看花**的街道，現已變得很冷清。 ____________

7. 慧婷從小立下**鴻鵠之志**，希望成為無國界醫生，到各地參與救援工作。 ____________

8. 午飯時，鄰座的同學不小心打翻汽水瓶，頓時水花四濺，**螳螂捕蟬**，連我的校服也被沾濕了。 ____________

第五關

試為以下的成語自由造句。

1. 雕蟲小技

____

____

2. 緣木求魚

____

____

3. 驚弓之鳥

____

____

4. 走馬看花

____

____

5. 對牛彈琴

____

____

6. 愛屋及烏

____

____

恭喜你已經完成挑戰！如果你全答對了，又能懂得如何造句，你已能靈活運用本書的成語了。繼續努力學習更多成語吧！

（答案在下頁）

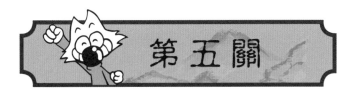

成語遊樂園答案：

P.30　成語草原　答案：1. 馬首是瞻　2. 走馬看花　3. 車水馬龍　4. 伯樂相馬　5. 害群之馬

P.32　暑假日記　答案：1. 車水馬龍　2. 馬首是瞻　3. 走馬看花　4. 害群之馬

P.56　虎牛對對碰　答案：1. 養虎遺患　2. 對牛彈琴　3. 暴虎馮河　4. 牛衣對泣

P.57　成語找找看　答案：

龍	力	飛	養	南	方
粗	暴	虎	馮	河	北
病	遺	隊	長	對	九
患	泣	對	衣	牛	龍
不	畏	虎	一	彈	城
均	衡	毛	鳴	琴	寨

*「九牛一毛」是《白貓黑貓成語漫學 1 數字密碼篇》學過的成語。

P.85　答對的貓兒有魚吃　答案：

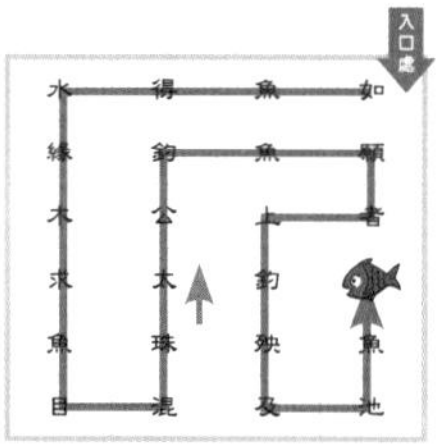

P.86　看圖猜成語　答案：1. 魚目混珠　2. 牛衣對泣　3. 對牛彈琴　4. 車水馬龍　5. 走馬看花

P.115　幫鳥兒回家　答案：聞雞起舞、門可羅雀、愛屋及烏、鵬程萬里、鴻鵠之志

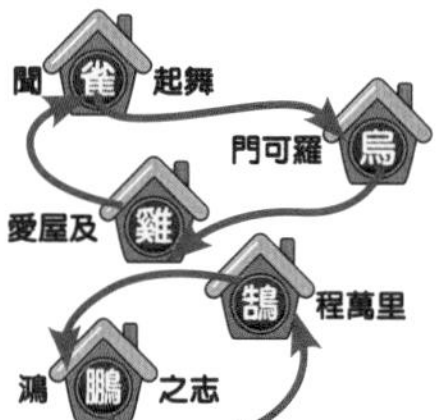

P.118　處世個案調查組　答案：個案 1. 鴻鵠之志　個案 2. 驚弓之鳥　個案 3. 愛屋及烏　個案 4. 聞雞起舞

P.134　搜尋成語動物園　答案：囊螢映雪、愛屋及烏、螳螂捕蟬、緣木求魚、聞雞起舞、對牛彈琴、伯樂相馬、雕蟲小技、驚弓之鳥

我們要將烏龜、猴子和羊放生。

成語挑戰站答案：

第一關　褒義：愛屋及烏、囊螢映雪、鵬程萬里、聞雞起舞、鴻鵠之志、如魚得水

貶義：魚目混珠、對牛彈琴、驚弓之鳥、害群之馬、門可羅雀、殃及池魚

第二關　橫向：1. 養虎遺患 2. 如魚得水 3. 馬首是瞻 4. 鴻鵠之志

直向：一 . 暴虎馮河 二 . 緣木求魚 三 . 車水馬龍 四 . 害群之馬

第三關　1. (a)　2. (d)　3. (d)　4. (c)　5. (b)　6. (a)

第四關　1. ✔　2. ✔　3. 驚弓之鳥　4. 如魚得水　5. ✔　6. 車水馬龍　7. ✔　8. 殃及池魚

白貓黑貓 成語漫學② 動物傳奇篇

畫出成語

我們已經學懂很多動物成語了。你最喜歡哪個成語故事？試把讓你覺得最深刻的畫面畫在下方，並把它剪下來與家人、同學分享吧！

白貓黑貓成語漫學 2　動物傳奇篇

作　　者　：　方舒眉　馬星原
主　　編　：　劉志恒
美術主編　：　陳國威
責任編輯　：　譚麗施
編　　輯　：　鍾秀文　楊明慧
美術設計　：　關潔怡

出　　版　：　明報教育出版有限公司
香港柴灣嘉業街 18 號明報工業中心 A 座 15 樓
電話：(852) 2515 5600
傳真：(852) 2595 1115
電郵：cs@mpep.com.hk
網址：http://www.mpep.com.hk

發　　行　：　泛華發行代理有限公司
香港筲箕灣東旺道三號星島新聞集團大廈三樓

印　　刷　：　高科技印刷集團有限公司
香港葵涌和宜合道 109 號長榮工業大廈 6 樓

初版一刷　：　2016 年 7 月
定　　價　：　港幣 65 元｜新台幣 295 元
國際書號　：　ISBN 978-988-8349-60-9

｜補購方式｜

網上商店
- 可選擇支票付款、銀行轉帳或 PayPal 付款
- 可親臨本公司自取或選擇郵遞收件

http://store.mpep.com.hk/Idioms.htm

親臨補購
- 先以電話訂購，再親臨本公司以現金付款
- 訂購電話：2515 5600
- 地址：香港柴灣嘉業街 18 號明報工業中心 A 座 15 樓 明報教育出版有限公司

｜讀者回饋｜

感謝你對明報教育出版的支持，為了讓我們能更貼近讀者的需求，誠邀你將寶貴的意見和看法與我們分享，請到右面的網頁填寫讀者回饋卡。完成後將有機會獲贈精美禮物。數量有限，送完即止。

http://www.mpep.com.hk/idioms/